TASCABILI GIUNTI

Chiara Moscardelli

Quando meno te lo aspetti

GIUNTI

www.giunti.it

Via Bolognese 165 – 50139 Firenze – Italia
Via G. B. Pirelli 30 – 20124 Milano – Italia

Prima edizione tascabile: giugno 2017

Alla mia famiglia,
ai miei amici
e al conte Ristori

«Mai dire no alle avventure. Dire sempre sì,
altrimenti potresti condurre una vita noiosa.»

Grandpa Potts in *Chitty Chitty Bang Bang*

Parte prima

«Se non sono sposati sono gay,
o rovinati da un divorzio
o del pianeta degli infrequentabili.»

Miranda Hobbes in *Sex and the City*

Uno

Cercai la parola "orgasmo".

Stato di eccitamento parossistico.

Eh?

"Parossistico."

Manifestazione accessionale violenta.

Accessionale?

"Accessionale."

Sinonimo di accessuale.

Tutto era più chiaro ora. Io non sapevo cosa fosse, ma non lo sapevano neanche quelli che avevano redatto il dizionario on line. E la mia pausa pranzo stava per finire.

Dovevo concentrarmi sul test della settimana: *Trova il tuo punto G.*

Come scovare un ago in un pagliaio.

Non so voi ma io, Penelope Stregatti barese trapiantata a Milano, da piccola credevo che la vita sarebbe stata molto più semplice. C'era la speranza in un futuro ancora tutto da costruire.

I problemi erano arrivati dopo, quando avevo capito che questo famigerato futuro dipendeva da me. Eppure avevo studiato tanto, mi ero impegnata: laurea in lettere a Milano e poi corsi di giornalismo e stage non pagati nelle redazioni di giornali di provincia. Volevo vincere il premio Pulitzer, ma quando avevo avuto l'opportunità di entrare in una multinazionale come addetta alle relazioni esterne non me l'ero sentita di declinare. La Pimpax Spa, facevano pannolini. Ne confezionavano di ogni tipo e per ogni età, da quelli per neonati a quelli per anziani, dai profumati ai super sottili. Eppure, nonostante le molte ore dedicate agli assorbenti, non avevo ancora rinunciato al Pulitzer e nel tempo libero scrivevo oroscopi e test sessuali su Girl Power, un settimanale che si rivolgeva a un pubblico femminile incredibilmente vasto. L'età oscillava dai diciassette ai quarant'anni e a sentir loro le lettrici erano molto esigenti. *Vuoi trovare il tuo partner ideale?* o *Sei una vaginale o una clitoridea?* o ancora *Il tuo lui non ti soddisfa? Ecco dieci cose da fare.*

Come avrebbero potuto negarmi un premio così prestigioso?

La selezione fu durissima. Feci più di quattro colloqui per diventare la regina dei test. La direttrice era magra, bionda e abbronzatissima come l'amica di Mary in *Tutti pazzi per Mary*, quella a cui Ben Stiller ammazza il cane. Solo che nel film l'attrice ha cinquant'anni, mentre quella che avevo di fronte ne aveva pochi più di trenta.

«Sai quali sono i quattro grandi temi della vita?» mi aveva chiesto.

«Sì, vediamo, la pace nel mondo...»

«Ma no! S., O., A., A.!»

«Scusi?»

«Sesso, Orgasmo, Amore, Amicizia!»

«In quest'ordine?»

«È uno slogan. Le nostre lettrici sono donne in carriera, intelligenti, che non si accontentano.»

«Ma posso scrivere anche di altri argomenti o devo limitarmi a questi?»

«Limitarti? E quali altri argomenti ci sono nella vita?»

«Potrei fare inchieste sulla violenza, raccogliere testimonianze. Insomma, storie vere. So anche parlare molte lingue, sa?»

Fece una smorfia stizzita, poi si ricompose.

«I quattro grandi temi della vita di una donna sono...»

«Sesso, orgasmo, amore e amicizia, ho capito.»

«E allora vedi che lo sai? Perché stiamo ancora qui a parlarne?»

E così divenni la massima esperta di sesso, orgasmo, amore e amicizia, in quest'ordine.

Sognavo l'amore, quello con la a maiuscola, ma avevo incrociato solo uomini in cerca di sesso, con la esse minuscola.

Ero cresciuta convinta che la felicità derivasse esclusivamente dall'avere o meno un uomo accanto. Come la storia della mela.

Nonna Berta la spaccava in due e mi diceva che io ero la metà a destra.

«E quell'altra?» le chiedevo indicando la metà a sinistra.

«La troverai. Quando meno te lo aspetti.»

«E se invece non la trovassi?»

A quel punto alzava le spalle e se la mangiava, l'altra metà non la mia.

Ero una mezza mela, quindi.

E in più continuava a squillarmi il cellulare.

«Pronto?»

«Ciao Stregatti, che fai?» era Federico.

Scrittore e sceneggiatore, veniva interpellato ogni tanto da Girl Power per un parere maschile sui famosi quattro grandi temi della vita, lui sì che si divertiva. Ci eravamo conosciuti proprio in redazione e in pochissimo tempo eravamo diventati inseparabili.

«Rispondo al telefono.»

«Tutti sempre al lavoro alla Pippa Spa, eh?»

«Pimpax, Fede, si chiama Pimpax. E poi qui i telefoni sono roventi, che ti credi? Stiamo lanciando un nuovo assorbente.»

«Sono soddisfazioni dopo una laurea in lettere e due master in giornalismo.»

«È molto innovativo, c'è ma non si vede e ha ben tre varianti di profumo di cui uno alla lavanda.»

«Stregatti, ci sono cose di cui noi uomini preferiremmo rimanere all'oscuro, tra queste l'argomento assorbenti è il primo della lista.»

«Mmm… *mò t⊠avà dà iune.*»

«Quando parli in dialetto barese mi sembri un chihuahua a cui stanno tagliando le unghie.»

«Se non la smetti ti picchio, così è più chiaro?»

«Chiarissimo. Per cambiare discorso allora stasera ti porto a una festa a casa di non so quale scrittore, così smetti di lamentarti che non fai mai niente.»

«Vabbè, tanto ci saranno solo donne e gay come a Capodanno.»

«Certo, per questo ci vado, mi piace vincere facile. Guarda che ti trovi nel pieno della tua maturità sessuale.»

«E chi l'ha detto?»

«L'ho letto su Girl Power, a quarant'anni la donna raggiunge il picco.»

«Federico…»

«Sì?»

«L'ho scritto io.»

«Azz, allora dovrò rivedere la cosa. Quindi non è vero? No perché sto frequentando questa quarantenne…»

«E cosa vuoi che ne sappia? A proposito di picchi, mi manca l'ultima parte del test sul punto G. Senti, la posizione migliore per riuscire a trovarlo è tu sopra di lui con la testa verso i piedi o seduta con le spalle voltate, tu a pancia sotto o a pancia sopra e lui sopra di te?»

«Ma che roba è? Sembra di giocare a Twister. E poi il punto G non esiste.»

«Questo lo pensate voi uomini per crearvi un alibi.»

«Stregatti, io l'alibi me lo invento solo se devo uccidere mio zio. Che poi se ogni tanto certe cose le facessi, ora sapresti cosa scrivere.»

«Io ci provo, non è colpa mia se mi distraggo.»

«In che senso?»

«Quando sono lì…»

«Lì dove?»

«Lì, nel momento.»

«Quale momento?»

«Fede, insomma con un uomo!»

«A fare sesso.»

«Va bene, come ti pare. Quando sono lì tutta concentrata, cerco di ricordarmi l'unico film porno che ho visto nella mia vita ma salta sempre fuori la faccia di Woody Allen.»

«Eh?»

«Sì, proprio lui. Hai presente *Manhattan*?»

«Un capolavoro.»

«Infatti.»

«Capisco, e ogni volta che fai sesso ti viene in mente *Manhattan*?»

«No, a volte *Io e Annie* o *Amore e guerra.*»

«C'è grande disagio.»

«E per il punto G?»

«Chiedi aiuto a Woody Allen» e chiuse il telefono.

Aprii Wikipedia:

Il punto G (o punto Gräfenberg in onore al ginecologo Ernst Gräfenberg ritenuto erroneamente lo scopritore di questa presunta struttura anatomica) sarebbe un punto particolarmente sensibile della parete anteriore della vagina. Nonostante ricerche ed esami approfonditi, la quasi totalità degli studi condotti in questo ambito smentiscono l'ipotesi dell'esistenza del punto G.

Andava a finire che aveva ragione Federico. Proseguii nella lettura, sconsolata.

Le cose si facevano più complesse, si parlava di un diverso tipo di orgasmo. Ma diverso da quale? Quindi ce n'era più d'uno?

Oddio, ci voleva l'aiuto da casa. Chiamai Modestina, la mia amica di sempre, quella con cui avevo condiviso tutto. Anzi diciamo che ai tempi della scuola era la mia unica amica.

Per fortuna per lei era rimasta a Bari, si era sposata e aveva avuto un figlio.

«Ti disturbo? Che fai? Che si dice?»

«Che le sarde si mangiano le alici. Penelope qual *iè u probleme?*»

«Senti, tu che hai un figlio saprai qualcosa del punto G.»

«Ovvio.»

Sapevo di poter contare su Modestina.

«Ecco, esiste o non esiste? E se esiste si trova nella parete anteriore della vagina, cioè sul davanti, oppure da un'altra parte? E quando è stimolato che tipo di orgasmo provoca? Cioè tu...»

«No Luigino, a mamma, sta' fermo che ti devo togliere la cacchina. Ecco sì, bravo, così.»

«Dicevo...»

«Sì scusa, che cosa volevi sapere?»

«Del punto G.»

«Cosa ridi?»

«Non sto ridendo, anzi sono serissima, devo scrivere il test della settimana.»

«Ridi perché dico "cacchina"?»

«Ma non sto ridendo!»

«Luigino, mò però basta. E non ci sta niente da ridere, io *stogghe ad assì matte*, capisci? Matta divento! Scusa devo salutarti. Chiamo il pediatra.»

«Il pediatra? Per la cacchina?»

«Certo, ne fa troppa, non è mica normale!»

«Mi rendo conto.»

Luigino aveva sei mesi ed era il primo figlio di Modestina, a sentir lei era sempre malato. In realtà stava meglio di tutti noi, ma questo a Modestina non lo si poteva dire.

Guardai fuori dalla finestra. Per fortuna si era da poco concluso l'ennesimo Natale, il periodo dell'anno che più detestavo. Avevano rimosso gli addobbi, e le vetrine dei negozi si preparavano ai saldi. Il mio ufficio si trovava nel cuore di Milano tra corso Como, la via dei locali più esclusivi, e il quartiere dei nuovi grattacieli, quelli con gli alberi in terrazza per intenderci.

Odiavo quel posto. Uscire in pausa pranzo era una sofferenza. Un formicaio di uomini e donne in carriera che si riversavano in strada, capelli impeccabili, vestiti impeccabili, scarpe impeccabili, mani e piedi impeccabili. Lì ci viveva Belén e incrociarla mi dava il colpo di grazia. Preferivo portarmi il cibo da casa, tipo le orecchiette alle cime di rapa o i pomodori secchi che mi spedivano da Bari e che le mie colleghe guardavano con disgusto. Loro mangiavano minuscole polpette vegetariane di erbe, sedani e legumi o non mangiavano affatto e trascorrevano la pausa pranzo dai cinesi a sistemarsi mani e piedi.

A me non restava altro che sognare il famigerato principe azzurro, nella speranza che almeno lui avrebbe saputo trovare il punto G. Me lo immaginavo un incrocio tra il conte Ristori e Juan del Diablo. Pantaloni alla Indiana Jones, stivali in pelle di coccodrillo, chioma fluente, ironia tranchant. Selvaggio, avventuroso, spietato e passionale, ma anche colto ed elegante.

«*Bell'attè,* facile facile proprio» mi aveva detto una volta Modestina. «Metti un annuncio su Facebook, uno con gli stivali di coccodrillo lo trovi di sicuro.»

Purtroppo l'unico conte Ristori che avessi mai conosciuto era stato ai tempi dell'università. Si chiamava Alessandro e in verità non ci somigliava affatto al conte ma si era accorto di me e quindi credevo fosse quello giusto, a sua insaputa ben inteso. Un giorno però era salito su un aereo diretto a Sydney, in Australia, e non aveva più fatto ritorno. Non che fosse morto per carità, non avevo neanche questo alibi, aveva semplicemente deciso di restare lì.

La notte prima di partire ci eravamo visti e, incauta, lo avevo sommerso di domande.

«Tornerai presto?»

«Mah.»

«Cambierà qualcosa?»

«Bah.»

Era di poche parole.

«Quando torno ne parliamo» mi aveva sussurrato all'orecchio prima di crollare.

A quel punto dall'altra parte del letto mi ero completamente svegliata, di che cosa dovevamo parlare? Di noi due? Della nostra relazione? Mi amava?

Non lo seppi mai.

«Che cosa ne pensi, nonna? Torna?» le avevo domandato la mattina stessa, appena rientrata a casa. Nonna era una cartomante e anche molto brava.

«Eh, a *sande Necòle* forse.»

«Ho capito, è un no, lo hanno detto le carte? Hai fatto anche il pendolo?»

«Le carte.»

«Beh, io farei anche il pendolo, così per sicurezza. Ti richiamo tra pochissimo.»

Anche l'esito del pendolo fu negativo.

Qualcuno una volta mi aveva detto che il percorso della vita era come scalare una montagna. Si trascorreva la maggior parte del tempo a mettere un piede davanti all'altro, a volte ci si perdeva, si cadeva e spesso si rischiava di tornare indietro. Poi all'improvviso si riusciva a trovare la strada giusta e a quel punto si faceva un bel respiro, si alzava lo sguardo e ci si rendeva conto di quanto si era arrivati lontano.

Sempre questo qualcuno, maledetto lui, aveva continuato a regalarmi perle di saggezza e mi aveva detto che la vita poteva cambiare in un attimo. Bella scoperta. Un po' come il famoso "Quando meno te lo aspetti" della nonna.

Due

«Che belle scarpe!» avevo detto a Bianca mentre eravamo sedute nel grande salone dello scrittore che dava la festa.

«Le ha fatte il mio calzolaio di fiducia.»

«Dov'è? Magari ci faccio un salto.»

«Alessandria d'Egitto.»

«Un tantino scomodo, che dici?»

«Perché? Uh, guarda chi c'è! Scusa, torno subito» e scomparve.

Bianca era fatta così, prendere o lasciare. Viveva in uno strano mondo fatto di fine settimana trascorsi in Costa Azzurra a giocare a canasta o nei castelli della Provenza per le battute di caccia. L'avevo conosciuta un pomeriggio di tanti anni prima mentre passeggiavo per le vie del centro. Ero rimasta affascinata da un lampadario cinese enorme esposto nella vetrina del suo negozio di antiquariato, lampadario cinese che alla fine del pomeriggio avevo comprato. Mi aveva convinta lei a farlo.

«È troppo grande» avevo provato a dire.

«Lo metti in salone, magari vicino a un bel séparé di canapa indiana decorato.»

«Ma io non ce l'ho neanche un salone, figuriamoci se può entrarci un lampadario e anche un séparé. Che poi da cosa dovrebbe separarmi?»

«Se hai degli ospiti, ti cambi lì dietro mentre conversi con loro. Come non hai un salone? Procuratelo subito!»

«È un monolocale.»

«Cioè sta tutto dentro un'unica stanza?»

«No, ho il soppalco.»

Uscii dal negozio dopo un pomeriggio di chiacchiere, con in mano un lampadario che non avrei mai utilizzato ma con la certezza di avere incontrato una persona straordinaria.

Ora la persona straordinaria si era dileguata e mi ritrovavo da sola in mezzo a sconosciuti. Era una cosa che non sopportavo, sentivo tutta la mia inadeguatezza. Vestito inadeguato, scarpe inadeguate, atteggiamento inadeguato.

In più cominciava a bruciarmi il polpaccio. Appena arrivata sotto casa dello scrittore, avevo legato la bicicletta a un palo e mi ero appoggiata a una moto in attesa di Federico. Peccato che la moto avesse ancora la marmitta bollente e nel momento esatto in cui vidi Federico avvicinarsi, mi resi conto che il calore aveva incollato il pantalone alla gamba. Federico intervenne prontamente e riuscì a staccare il pantalone con un colpo secco.

«Forse dovremmo andare all'ospedale» mi aveva suggerito.

«Nooo, che vuoi che sia?» ed eravamo entrati. Ero così emozionata di essere lì che non avrei rinunciato a salire neanche se mi fossi fratturata entrambe le gambe. Il padrone di casa era uno scrittore molto noto, aveva pubblicato un best seller, *L'infanzia sospesa in tempo di guerra,* ed era entrato nella cinquina dello Strega. Lo vedevo aggirarsi con disinvoltura in mezzo alla gente. C'era tutto il mondo dell'editoria e io pensavo ai miei test sul sesso. Che conversazione avrei mai potuto intavolare se qualcuno mi si fosse avvicinato?

«Piacere, Penelope Stregatti, sono una giornalista, hai per caso letto il mio ultimo quiz su come trovare il punto G?» Oppure ancora meglio: «Piacere, Penelope Stregatti, promuovo pannolini. Se vuoi ti regalo dei campioni, ce n'è uno alla lavanda che è strepitoso».

«Ehi tu!» la voce di un tizio mi fece sobbalzare. «Versi anche a me da bere o te la porti a casa?»

Per dissimulare il disagio, da una buona mezz'ora abbracciavo una bottiglia.

«Oddio, scusa. Stavo… stavo…»

«Ma ci conosciamo? Mi sembra di averti già vista. Scrittrice?»

«No.»

Ma che aveva in testa? Un cappello di paglia?

«Autrice televisiva? Lavori per Fazio?»

«No» figuriamoci. «Giornalista» mi scappò, ora dovevo dirgli del punto G.

«Veramente? Anche tu? Ma anche io! Oltre a essere uno scrittore, ovviamente.»

«Ovviamente.»

Una caratteristica di Milano era la presenza ingombrante di scrittori. C'erano più scrittori che lettori, molto attenti al look e con tanto tempo a disposizione per parlare di sé e questo qui mi sembrava rientrasse perfettamente nella categoria. Indossava una cravatta viola con dei dinosauri disegnati. Dinosauri o cammelli?

«Ecco dove ti ho visto, al master! Ma sì certo, mamma mia quanti anni sono passati.»

«Beh dai, mica tanti.»

Cammelli, decisamente cammelli.

«Non so a te, ma quelli mi hanno piazzato a fare uno stage inutile al Corriere.»

«Al Corriere?»

Io ero finita a Metro Milano.

«Comunque sono Diego, qualora non ti ricordassi. Oggetto sessuale per donne di ogni età ed etnia. Lasciami il numero, vedrai che non te ne pentirai.»

Sputai il vino che avevo in bocca che andò a colpire proprio l'oggetto sessuale in questione.

«Cazzo, la mia camicia bianca!»

E la tua cravatta coi cammelli, avrei voluto aggiungere.

«Scusami, scusami tanto. Aspetta, vado a prendere dei tovaglioli.»

«Lascia perdere, con il vino rosso c'è poco da fare. Vado in bagno e provo a sciacquarmi.»

«Il numero comunque te lo lascio?» gli gridai mentre si allontanava.

Non poteva più sentirmi o faceva finta di non sentirmi, cosa più plausibile.

Certo che come sapevo farmi desiderare io non ci riusciva nessuno, distaccata, misteriosa, sensuale. Mi lanciai alla ricerca di Federico, lo trovai impegnato a conversare con una ragazza.

«Fede, ti posso parlare un attimo?»

«Ora?»

«Sì.»

«Proprio in questo preciso momento?»

«Eh, sì.»

«Non possiamo tra cinque minuti?»

Non feci in tempo a rispondere.

«Ottimo, tu vai, tra cinque minuti ti raggiungo.»

Cosa che in effetti fece, anche se non proprio dopo cinque minuti. Nell'attesa vagavo per il bellissimo salone cercando disperatamente qualcosa di commestibile. Era un'impresa persa in partenza. Mi buttai sul finger food, dei bicchierini di plastica minuscoli con due gamberetti e la maionese o due chicchi di riso e spuma di zucchine o due piselli e la panna.

Se mia nonna avesse visto quei due pisellini solitari sul fondo dei bicchieri ci sarebbe rimasta così male che come atto di misericordia li avrebbe fritti.

Quando Federico mi raggiunse ne avevo svuotati una cinquantina.

«Eccomi, Stregatti, che c'è di tanto urgente?»

Lo presi sotto braccio e mi allontanai per raccontargli di Diego.

«E quindi adesso che devo fare?»

«Perché? Ti piace?»

«No, ma che c'entra?»

«Avrebbe la sua rilevanza. Comunque non devi fare assolutamente niente, non lo inseguire, non ti avvicinare, non lo guardare neanche.»

«Forse potrei incrociarlo, così, casualmente e...»

«No!»

«...»

«No!»

«Non ho detto nulla!»

«Comunque è no.»

«Incredibile, la volta che incontro un uomo...»

«Appunto, vogliamo farcelo scappare? Esercitiamoci. Ma sei ubriaca?»

«Assolutamente no» mentii. «Per chi mi hai preso? Non sono mica un'alcolizzata!» mentii di nuovo. «Sto solo cercando di darmi un tono, tutto qui» stavolta dissi la verità.

Ovviamente non gli diedi ascolto, continuai a bere, a ingurgitare piselli e a intercettare "casualmente" il povero Diego. Il risultato fu sorprendente: non mi chiese il numero e non mi salutò neanche quando me ne andai.

Lasciai che i miei amici finissero la loro serata in pace e mi pregustai il momento di infilarmi sotto il piumone.

Tra il freddo e l'alcol il polpaccio smise di pulsare per il dolore. Mi imbacuccai per bene e slegai la catena. Forse avevo esagerato con gli strati perché ci misi un bel po' a issarmi sulla bici, non riuscivo neanche a sollevare la gamba. Dopo acrobazie degne di un ippopotamo salii in sella e partii.

La cosa più bella di Milano era la sensazione di libertà che ti dava girare in bicicletta. Tutti l'adoperavano, giovani, vecchi e bambini. Era stato Alessandro a convincermi a comprarla.

«Vai a Senigallia» mi aveva detto.

«Un po' lontano, non trovi?»

«Lontano? Ci arriva la metro.»

«Nelle Marche?»

Scoprii che Senigallia non era solo la località marchigiana bensì lo storico mercatino delle pulci di Milano. E lì un sabato mattina, con cento euro e una contrattazione elaborata mi portai a casa una Bianchi in perfette condizioni. Ero certa di avere fatto un grande affare. Avevo deciso di chiamarla Jennifer Beals per via di un piccolissimo adesivo con delle scarpette da ballo appiccicato sul manubrio. Me la rubarono un paio di mesi dopo, all'università. Allora decisi di tornare immediatamente al mercato. Con cento euro e una contrattazione elaborata ne comprai un'altra. La chiamai Jennifer Beals perché una volta a casa notai un piccolissimo adesivo con delle scarpette da ballo appiccicato sul manubrio. A Milano andava così.

Mentre pedalavo sulla mia quarta Jennifer Beals pensavo a Diego. Insomma non era il conte Ristori e nonostante questo mi aveva ignorata. Bianca mi diceva sempre che amavo gli stronzi perché in realtà avevo paura di quelli normali. Lo stronzo mi dava l'alibi perfetto per non vivere. Se mi fossi buttata nella mischia avrei potuto soffrire e allora mi ero creata l'immagine di un uomo che non aveva alcun riscontro con la realtà. A sentir lei, la scusa perfetta per continuare a nascondermi. Insomma un circolo vizioso.

«Ehi, attenta, attentaaa!»

«Oddiooo!!!»

Appena mi resi conto che stavo per travolgere una persona, inchiodai, ma era troppo tardi. Maledissi me, Diego e il conte Ristori.

Tutto si svolse in pochi secondi perché nonostante le acrobazie, io e la bici crollammo rovinosamente addosso al povero passante.

«Sei completamente pazza! Non guardi dove vai?»

«Madonna, scusa scusa, ti sei fatto male?»

«Se ti togli dal mio sterno riesco a risponderti.»

«Certo, certo.»

La sua faccia era a pochissimi centimetri dalla mia.

«Allora? Ti alzi o mi vuoi fare la respirazione bocca a bocca?»

«Sì, cioè no, certo che no.»

«Ma sei ubriaca?»

«No, non sono ubriaca. Perché tutti continuate a dirmelo? Ho solo bevuto qualche bicchiere di vino.»

«Allora alzati!»

Non riuscivo proprio a muovermi, un po' perché ero imbacuccata come l'omino Michelin, un po' perché quello era il conte Ristori con un pizzico di Juan del Diablo, un po' perché avevo sbattuto il polpaccio e il dolore mi aveva tolto il respiro, un po' perché oggettivamente ero ubriaca. E la posizione a smorzacandela in cui mi trovavo, se i miei test non mi ingannavano, non mi dispiaceva affatto.

Aveva degli occhi verdi così profondi che mi ci sarei potuta perdere e lo potevo ben dire a quella distanza, per non parlare delle labbra. Era proprio il conte Ristori.

«Credo di essermi fratturato una gamba» disse interrompendo i miei pensieri.

«Oddio, è vero?»

«Ma quanto pesi? Prova a rotolare su un lato.»

«Sì, ecco.»

«Ah, aspetta, aspetta. Cristo, che dolore!»

«Possiamo anche rimanere così se ti fa male.»

Il cuore mi batteva tanto forte che temevo si sentisse.

«Non credo reggerei la posizione per molto.»

«Non intendevo mica dire che sarei rimasta sopra di te per sempre!»

«Ah no? Mi sembrava che la cosa ti piacesse, invece.»

M'imbarazzai e solo allora presi la decisione di alzarmi. Mi feci forza sulle braccia e rotolai su un lato come mi aveva suggerito. Quando mi ritrovai in posizione eretta, le gambe cedettero, il mondo intorno girava vorticosamente. Che avessi sbattuto la testa?

Mi appoggiai al muro e per un attimo divenne tutto buio.

«Ti senti male?»

«No no» mentii.

«Ci mancava anche questa. Prova a fare dei respiri profondi.»

Lo feci, ma la situazione peggiorò. Sentivo il polpaccio pulsare e fui assalita da una nausea terrificante. Dio mio, non potevo mica vomitare lì davanti.

«Se almeno riuscissi a togliermi la bici dalla gamba, proverei ad alzarmi.»

«Aspetta, faccio io.»

«No! Non ti muovere da lì!»

Mi avvicinai, sempre appoggiandomi al muro, e mi chinai a prendere la bicicletta.

«Chiamo l'ambulanza. Sono mortificata.»

«No, che ambulanza, ce la faccio da solo» ma al primo tentativo di sollevarsi fece una smorfia e rimase a terra.

«Maledizione. A cosa cazzo stavi pensando?»

Agli uomini stronzi che non mi vogliono e a quelli normali che non mi vogliono lo stesso, avrei voluto rispondergli.

«Abito qui dietro, vado a prenderti del ghiaccio. Posso vedere?» e gli sollevai i pantaloni. «Si sta gonfiando tantissimo.»

«Chissà perché. Ti senti meglio?»

«Sì sì. Ora sto bene» mentii di nuovo.

Ripresi la bici e mi diressi verso casa. Non pedalavo proprio in linea retta, forse avevano fatto dei lavori durante il giorno e la strada, che fino a quella mattina era un rettilineo, ora curvava in continuazione. O forse era la mia testa che non andava. Nonostante ciò arrivai in pochissimo tempo. Non potevo credere a quanto era accaduto. Quello era l'uomo perfetto, tranne che per un piccolissimo dettaglio: aveva degli orribili tatuaggi sul polpaccio. Li avevo notati quando gli avevo sollevato il pantalone, un occhio e un pirata con un coltello tra i denti. Arrivata a casa incrociai solo la Saccarotti, la signora del piano di sotto. Patty Pravo, come l'avevamo soprannominata per via dei capelli platino e della carnagione bianca, incurante dei suoi cinquant'anni appariva spesso con indosso solo un baby doll trasparente. Poi scompariva in casa, dove poche ore prima aveva trascinato il ragazzino di turno. Di quei poveri ragazzi poi si perdeva ogni traccia. Ecco perché non c'erano più uomini a Milano, erano tutti chiusi lì dentro.

La Saccarotti mi regalò un sorriso a trentatré denti mentre teneva per mano un toy boy che mi sembrò essere lo stesso della sera precedente. Almeno era ancora vivo. Presi l'ascensore con loro e in cinque minuti ero già di ritorno con il ghiaccio. Beh, non proprio con quello.

«Cosa diavolo è?»

«Non avevo niente di meglio in freezer.»

«Il minestrone surgelato?»

«Tienilo premuto e stai zitto! Cioè parla pure, se vuoi.»

Dio, ero così confusa.

«Vedo che ti sei ripresa. Lo sai che potrei denunciarti? Andavi ubriaca sul marciapiede senza neanche guardare davanti.»

Ero in piedi davanti a lui con la cerata che copriva un piumino che copriva il maglione. Non mi ero fatta niente, neanche una sega elettrica avrebbe potuto trapassare tutti quegli strati.

«Non sono ubriaca!» gli dissi appoggiando i pugni sui fianchi. Non ero una bella immagine da guardare.

«Ero a una cena noiosissima, non conoscevo nessuno, si avvicina un certo Diego e mi dice di essere un oggetto sessuale per tutti i tipi di donne.»

«E allora mi hai investito. Ora sì che è tutto chiaro.»

«No, sto arrivando al punto. Mi sono detta, se lo è per tutti i tipi di donne allora lo sarà anche per me. Se uno dice "tutti i tipi di donne" sono compresa anche io, giusto?»

«...»

«E invece no!»

«E a quel punto hai iniziato a bere.»

«Sì, avevo perso un'occasione. Anche perché non se ne incontrano molti in giro.»

«Di che?»

«Di oggetti sessuali.»

«Sei preoccupante.»

Per fortuna arrivò l'ambulanza. Due ragazzi della Croce rossa lo aiutarono a salire.

«Vi seguo in bici, in che ospedale lo state portando?»

«Al Policlinico. E questo che cos'è?» domandò uno dei due indicando il chilo di minestrone.

«Lasci perdere» disse l'uomo che avevo investito.

«Ah è il nuovo della Orogel, com'è?»

«Lo trovo buonissimo» risposi soddisfatta.

«Un'idea geniale.»

«Ah sì?» rispondemmo in coro io e l'infortunato, non con lo stesso tono di voce.

«Vuoi che avverta qualche familiare?» gli chiesi prima che lo caricassero in ambulanza.

«Macché familiare e familiare. Mi sono rotto una caviglia, non sono mica entrato in coma.»

«Sì sì certo, hai ragione.»

Mentre si chiudevano gli sportelli lo vidi prendere il cellulare e chiamare qualcuno.

Era esattamente come mi ero immaginata che fosse l'uomo della mia vita, capelli neri, occhi verdi, sguardo magnetico, naso irregolare.

Il conte Ristori, senza il costume però.

Mi accorsi che stavo ridendo. Bianca mi avrebbe rimproverato: «Basta con queste infatuazioni adolescenziali. L'amore è qualcosa che si costruisce giorno per giorno».

Aveva ragione. Infatti io non ero infatuata, l'amavo!

Tre

Il Policlinico si trovava vicino al Tribunale. O meglio lo era per me, un milanese avrebbe affittato un charter. Milano era circumnavigabile in venti minuti ma guai a farlo notare.

«Devo andare in piazzale Indipendenza» avevo chiesto un giorno.

«Eh ma è lontanissimo, non ci vorrà mica andare a piedi?»

«Il navigatore mi dice un chilometro.»

«Appunto, lontanissimo. Prenda un taxi.»

Appena entrata all'ospedale mi sembrò di essere stata catapultata al concerto del primo maggio.

Le sedie erano tutte occupate e le persone che non erano riuscite a trovare un posto si erano accampate come meglio avevano potuto. Alcuni avevano anche dei thermos e delle coperte.

Ci misi un po' a trovarlo.

«Mio Dio, ma che cosa sta succedendo? Mi ricorda un film. Aspetta che ora ti dico pure quale.»

«Che fine hai fatto? Credevo avessi investito qualcun altro.»

«Ecco! Ce l'ho! *The Day After Tomorrow*. Sono andata piano.»

«Certo, sei ubriaca.»

Non risposi, faceva un caldo terribile e iniziai a togliermi goffamente uno per uno tutti gli strati.

«Credo che passeremo la notte insieme,» sospirai sognante, lo vidi trasecolare e mi affrettai ad aggiungere «non in quel senso.»

Intanto saltellavo nel tentativo di levarmi i pantaloni antipioggia. Persi l'equilibrio e mi appoggiai a una sedia.

«Gesù» gli sentii dire.

Appena cercai di sfilarmi la gamba destra, gridai dal dolore.

«Che succede?»

«Niente niente. Prima della festa mi sono ustionata un polpaccio.»

«Ustionata un polpaccio?»

«Sì, una sciocchezza. Solo che ora mi fa molto male e il pantalone si è di nuovo appiccicato alla gamba.»

«Prova con uno strappo secco.»

Tirai con violenza «*Le muerte de mammete!*» urlai.

«Eh?»

Caddi a terra priva di sensi.

Sognai il punto G o qualcosa che gli assomigliava parecchio. Poi Woody Allen vestito da Morte con un'ascia in mano che inseguiva un uomo vestito di bianco con una grossa G scritta sul petto, era il punto G. Poi la Morte lo raggiungeva e lo azzannava al polpaccio. Però il dolore lo sentivo io e allora nel sogno capivo che la Morte in realtà stava inseguendo me e io ero il punto G.

Mi risvegliai di soprassalto in un bagno di sudore.

Ero distesa su una barella e mi tenevo il polpaccio con una mano.

«Non si tocchi!»

«Fa malissimo.»

«Per forza, ha un'ustione di terzo grado in stato avanzato. L'abbiamo medicata e fasciata. Si erano già formate le piaghe poi lei ha strappato il pantalone...»

«Basta basta, ho capito. Che schifo» e richiusi gli occhi.

Un secondo dopo li spalancai: «C'era un uomo con me! L'ho investito con la bici».

«Sì, credo stia ancora aspettando in sala d'attesa. Mi faccia però capire una cosa, lei si è ustionata il polpaccio prima o dopo averlo investito? Ha per caso bevuto?»

«Cos'è questa fissazione sul bere? Non potete piuttosto occuparvi del tizio che ho investito?»

«Guardi che stiamo facendo del nostro meglio, cosa crede? Vuole mettersi a coordinare lei il pronto soccorso? Ritorni in sala d'attesa. Sul foglio che le ho consegnato ci sono indicate le cure da seguire. Arrivederci.»

Quando feci il mio ingresso in astanteria la situazione non era cambiata di molto, tranne che per un piccolissimo dettaglio che al momento non riuscivo a mettere a fuoco.

Mi avvicinai zoppicando al conte Ristori e lo trovai in compagnia di una donna. Già dal primo sguardo era evidente che non fosse una dottoressa né un'infermiera. Indossava un cappotto di cammello e dei tacchi altissimi, i capelli biondi lunghi morbidi e setosi le incorniciavano un viso da bambolina. Mi venne un groppo alla gola, era la sua fidanzata?

Mi stavano guardando e Dio solo sa quanto avrei voluto avere un incedere da mistica, invece sembravo Alberto Sordi in *Il prof. dott. Guido Tersilli primario della clinica Villa Celeste convenzionata con le mutue*.

Intanto il cappotto di cammello mi aveva raggiunta e con il sorriso di Ivan Drago prima di salire sul ring aveva allungato il braccio per stringermi la mano: «Giorgia Affori, amica e avvocato di Alberto Ristori».

Alberto Ristori? Il *mio* conte Ristori?

E che cosa intendeva questa Giorgia con il termine "amica"?

La guardavo con gli occhi fuori dalla testa e lei continuava a sorridere, sempre con l'espressione da Ivan Drago.

Un rantolo o qualcosa che gli si avvicinava moltissimo mi risvegliò dallo stato catatonico.

L'uomo seduto accanto a Ristori, il mio Ristori, si era portato le mani al petto e stava diventando cianotico.

«Madonna mia, si sente male? Che succede? Qualcuno lo aiuti!» iniziai a gridare.

Mi guardai intorno. Niente.

«Possibile che qui non arrivi nessuno?»

Corsi all'accettazione e bussai al vetro: «Scusi, c'è una persona che si sta sentendo male».

«Aspetti il suo turno.»

«Non sono io che sto male, di là.»

Tornai indietro.

«Signore, mi sente?»

Senza perdere altro tempo mi precipitai in bagno. Per tutta la vita avevo sognato quel momento, da quando avevo assistito impotente all'attacco cardiaco di zio Carmelo, fratello di nonna. Mentre lei era assorta nella lettura delle carte, lui era diventato cianotico, si toccava il petto e ansimava. Un rantolo aveva attirato l'attenzione della nonna che a quel punto era corsa a chiamare aiuto. Zio Carmelo era morto anni dopo, soffocato da un acino d'uva come aveva predetto nonna, ma la tachicardia lo aveva reso invalido a metà.

In pochi secondi ero di ritorno con una bacinella piena d'acqua. Con la sicurezza di un medico abituato a trattare le emergenze afferrai la testa dell'uomo e la spinsi dentro tenendola premuta. Con la coda dell'occhio vidi Ristori sussultare. Ivan Drago in cappotto di cammello si era allontanata per chiamare aiuto e contrariamente a quanto accaduto a me era riuscita a ottenerlo. La vidi tornare trionfante con due dottori.

«Che cosa sta facendo?»

«Gli sto rallentando i battiti» e lasciai la presa.

L'uomo a quel punto aveva sollevato la testa inondando di acqua tutti quanti.

«Sto bene, sto bene!» gridava come un miracolato.

Uno dei due medici gli auscultò il cuore e annuì compiaciuto.

«Battiti regolari.»

A quel punto crollai sulla sedia.

«Lei mi ha salvato la vita, non so come abbia fatto.»

«Era in tachicardia, l'apnea regolarizza il battito. L'ho visto fare al dottor Carter.»

«Chiunque sia questo dottor Carter lo voglio ringraziare.»

«*E.R.*!» silenzio. «*Medici in prima linea*! Quello con George Clooney. Ho semplicemente seguito le sue indicazioni. Sa, lavorando lui in un pronto soccorso...»

Ma non riuscii a concludere la frase perché persi i sensi, per la seconda volta.

Sognai il conte Ristori, quello vero. Io per qualche strana ragione ero Elisa di Rivombrosa.

Cavalcavo felice in mezzo ai boschi inseguita dal conte, poi venivo aggredita da un branco di lupi che mi azzannavano il polpaccio ma riuscivo a liberarmi. C'erano anche delle frecce che cercavano di trafiggermi, miravano sempre al polpaccio, senza raggiungerlo per fortuna.

Il sogno a quel punto si faceva molto confuso. Almeno stavolta non ero il punto G, ero Elisa, di questo ero certa.

Quattro

«Fede, io non sono una bella persona.»

Eravamo a pranzo in uno di quei ristoranti vegano-vegetariani dietro corso Como, vicino al mio ufficio, dove potevi gustare la pasta senza glutine, il formaggio senza formaggio, i grassi senza grassi. Negli ultimi anni erano proliferati come la gramigna. In cucina c'erano ex analisti finanziari, ex avvocati, ex bancari che, stanchi della vita stressante e frettolosa della città tentacolare, si erano improvvisati chef e realizzavano cibi naturali, a impatto zero, costosissimi, che neanche una capra avrebbe mangiato. Per un paio di polpette di quinoa e zenzero con germogli o un bulghur arcobaleno pagavi una fortuna, però contribuivi al rimboschimento della foresta amazzonica.

«Che vuoi dire?»

«Che non sono una bella persona.»

«Sì che lo sei. Chi altro cercherebbe di migliorarsi giorno per giorno senza ottenere il minimo risultato?»

«Eh?»

«Lascia stare, era un'osservazione troppo acuta.»

«Un paio di settimane fa ho investito l'uomo della mia vita e poco dopo ho cercato di ucciderne un altro. Non mi sembra il modo migliore di migliorarmi.»

«Era quello che tentavo di dirti, senza il minimo risultato. Ciò non toglie che l'impegno ci sia. Magari il tizio che hai cercato di affogare per merito tuo vivrà altri vent'anni, fino a quando una sera, dopo avere dato la buona notte alle nipotine, si addormenterà sereno per non risvegliarsi mai più. Una morte bellissima. La migliore.»

«Bella sceneggiatura. E ti pagano pure.»

«Che fine ha fatto lui?»

«Chi? Il nonno con le nipotine? E che ne so, la sceneggiatura è la tua.»

«No quell'altro, l'uomo della tua vita che non sa di esserlo.»

«Quando mi sono risvegliata in ospedale non c'era più nessuno. I medici mi hanno detto che aveva una frattura scomposta. Gesso per quaranta giorni e poi tutore.»

Mi toccai il polpaccio, faceva ancora parecchio male.

«Siamo feriti nello stesso punto, io ustione lui frattura.»

«Che romantica, Stregatti, mi sta andando di traverso la vellutata di zucca e zenzero.»

Ero a terra.

«C'è qualcosa che non va in me. Anche l'oggetto sessuale per ogni tipo di donna mi ha snobbata. Riuscirò mai a trovare l'altra metà della mela?»

«Quella non se l'era mangiata tua nonna?»

«Appunto, che campo a fare?»

«La morte è facile, non devi fare niente, è con la vita che bisogna fare i conti.»

«Bella frase, ma che c'entra?»

«Niente. Era una vita che sognavo di dirla, mi sembrava fosse arrivato il momento giusto. Lasciarsi amare è la cosa più difficile al mondo, devi abbassare la guardia.»

«Se solo fossi più alta, più magra, più bionda. Dovevi vedere quella Giorgia.»

«Qui sta il punto. Non sarai mai più alta, più magra o più bionda.»

«Una tragedia.»

«Ora che ci penso la chirurgia ha fatto passi da gigante, potresti allungarti anche di due tacchette.»

«E rifarmi le tette.»

«Sì, anche.»

Finito il pranzo me ne tornai sconsolata in ufficio. Avevo una fame.

Il clima da un po' di tempo si era fatto pesante. Umberto Guidieri, l'amministratore delegato dell'azienda, era stato costretto a dimettersi dalla sera alla mattina senza alcuna spiegazione. Si mormorava che la Pimpax non stesse navigando in buone acque e che presto ci sarebbero stati dei cambiamenti. Che tipo di cambiamenti però non era dato saperlo. Erano tutti molto agitati, soprattutto Sofia, la mia responsabile, braccio destro di Guidieri fino a quel momento e forse sua amante, secondo Maurizio e me.

Magra come uno stecchino e con i capelli devastati dagli shatush, la nuova frontiera del colpo di sole, aveva quasi cinquant'anni e ne dimostrava almeno dieci di più. Non capiva nulla di comunicazione ma era stata messa lì proprio da Guidieri. Era sempre stata il suo soldatino, quello di cui lui aveva bisogno, qualcuno che gli desse sempre ragione.

Guardai fuori dalla finestra, faceva freddo ma era una bellissima giornata.

Perché quella città era così difficile? Che fossi sbagliata io?

Avevo quasi quarant'anni e nella mia vita non era accaduto nulla di eccezionale, tranne il fatto di avere rotto una gamba al conte Ristori e averne spinto un altro alla fuga qualche anno prima.

Dopo la mia pseudo relazione con Alessandro, che comunque, pendolo o non pendolo, era scomparso, non avevo incontrato nessuno. Oddio, non che a Bari facessi faville, ma almeno riuscivo a trovare qualcuno con cui andare al cinema. A Milano, invece, la gente non aveva tempo da perdere. Andavano tutti di fretta e manifestavano un'immediata insofferenza se ti mostravi lento in qualcosa. Ancora prima che arrivasse il caffè avevano già aperto la bustina dello zucchero. E sulle scale mobili della metropolitana dovevi affrettarti o metterti subito a destra.

«Scusi, permesso!»

«Sì, un attimo. Devo ancora mettere il piede sullo scalino!»

«Eh, ma si sposti a destra. Non mi faccia perdere tempo.»

Era una città che non concedeva tempo neanche per una cenetta organizzata all'ultimo minuto. Il lunedì c'era il corso di tango, il martedì pilates, il mercoledì la coltivazione dell'orto, il giovedì l'analista, il venerdì un impegno preso il mese precedente e il fine settimana la fuga in montagna o in Liguria a seconda della stagione.

Ad aggravare la situazione si aggiungeva il fatto che era una città piena di donne. In carriera, belle, eleganti, sicure di sé e scolpite dal pilates. Donne dedite alla coltivazione di venticinque metri quadrati di orto in città, che facevano la spesa nei supermercati bio e amanti della cucina vegana. Io non ero in carriera, non ero elegante e non ero scolpita dal pilates. Cioè, non ero scolpita proprio.

Il grido di Sofia s'intromise tra me, il tango e il pilates: «Ragazze! Riunione operativa! Subito!».

Le piaceva molto questo termine e le piacevano le riunioni. Ne facevamo almeno due al giorno, del tutto inutili, di operativo c'era solo la sua mancanza di operatività.

Il lancio degli assorbenti alla lavanda l'aveva impegnata completamente. L'idea del nuovo prodotto era stata proprio di Guidieri, che aveva lavorato per due anni al progetto dopo aver convinto tutta la struttura che l'azienda avesse bisogno di un impulso.

Non trovavo nulla d'innovativo in questi assorbenti se non che profumassero di lavanda. L'unica cosa positiva era che ci avevano sommerso di campioni. Sarei stata a posto fino alla menopausa, neanche troppo lontana, solo che a casa non sapevo più dove metterli. Li avevo stipati ovunque, negli armadi, nei cassetti, dietro i libri e persino nascosti tra i DVD. Una sera Federico mentre cercava *Misterioso omicidio a Manhattan* se n'era trovato in mano un pacco.

C'era stato persino un periodo in cui chiunque fosse entrato alla Pimpax avrebbe visto i dipendenti annusare pannolini o camminare per i corridoi con un assorbente sotto braccio.

Perché tutto questo avesse portato Guidieri al fallimento era un mistero.

Mi sedetti sconsolata nella stanza di Sofia insieme a Lavinia, la sua preferita, e Costanza.

«Stiamo andando incontro a un periodo molto difficile,» esordì «dobbiamo stringere i denti e fare gioco di squadra. Manderanno qualcuno a sistemare l'azienda.»

«Qualcuno?» chiese Lavinia.

«Sì, un consulente. Il termine esatto è "turnaround manager". Dovrebbe rimettere le cose a posto.»

«Sai già chi è?» domandai.

Sofia deglutì prima di rispondere: «Non posso aggiungere altro. Posso solo dirvi che la sua fama lo precede e che… che non sarà facile. Gioco di squadra, ragazze. Gioco di squadra».

Tornai alla mia scrivania molto inquieta.

Prima di tutto perché l'unica squadra che forse Sofia aveva mai conosciuto era quella che si adoperava con il righello all'ora di educazione tecnica, in secondo luogo perché non mi piacevano le novità, i cambiamenti. Non mi erano mai piaciuti. Chi era questo turnaround manager? Sofia ne aveva parlato come di un'entità mostruosa e io mi immaginai una specie di Ebenezer Scrooge, vecchio, avaro e cattivo.

Per il resto della giornata cercai di togliermi di dosso quella sensazione, alle sei spensi il computer, mi vestii e scesi a prendere la bici.

La giornata sarebbe scivolata direttamente nella lista di quelle da dimenticare se non fosse stato per il pensiero della tisana con Letizia. Ci piaceva prenderla sul ballatoio dopo il lavoro per consolarci delle nostre disgrazie, era un piccolo rito quotidiano.

Lei era di Genova e dopo l'università si era trasferita a Milano in cerca di fortuna. Aveva trovato me.

Avvocato, sognatrice, mi aveva raccontato la sua vita una sera, mentre stendevamo ad asciugare le rispettive mutande sul ballatoio. Le sue avevano stampati piccoli fiorellini colorati, alle mie mancava l'elastico.

«Ah, l'amore» aveva sospirato a un certo punto.

«Sei fidanzata?»

«No.»

«Innamorata?»

«Neanche.»

«E quindi?»

«Mi piace pensare che esista, però. Da qualche parte, intendo. Magari dietro a una porta.»

«Non qui dove siamo ora?»

«No, lo escludo.»

«Immaginavo. Belle le mutande con i fiorellini.»

«Vero? Mi rispecchiano molto.»

«Anche le mie, credo.»

Fece una pausa, mi osservò qualche secondo e disse: «Tu dici?».

Diventammo amiche subito.

La vita in una casa di ringhiera era divertente, nessuno si faceva i fatti propri. Dal ballatoio potevamo controllare i movimenti intestinali del suo dirimpettaio o gli atteggiamenti libertini della Saccarotti. Eravamo quasi tutti giovani, tranne Patty Pravo e quella che mi abitava accanto che ovviamente aveva ottant'anni ed era pazza. Gli appartamenti erano minuscoli, piccole bomboniere, peccato che nella ristrutturazione si fossero dimenticati dei bagni, ci si entrava a mala pena. Il mio per esempio non aveva il bidet, se mi fossi piegata troppo sul lavandino avrei aperto la porta con il sedere e quelli seduti in cucina lo avrebbero potuto ammirare in tutta la sua vastità.

Mentre pedalavo realizzai che nonostante la mia vita fosse sconclusionata, una piccola certezza ce l'avevo: con accanto i miei amici, avrei potuto affrontare qualsiasi cosa, anche senza principe azzurro. Almeno uno dei "quattro grandi temi della vita di una donna" lo conoscevo bene. Certo, mi mancavano gli altri tre, sesso orgasmo e amore. Ma esistevano davvero?

Finimmo di sorseggiare la tisana e farci gli affari di tutti i condomini.

Me ne tornai nel mio appartamento. Alessandro era scomparso, Ristori pure e il Natale ce lo avevo alle spalle.

Mentre mi preparavo per andare direttamente a letto sentii che forse la felicità e il rispetto per noi stesse non potevano derivare solo dal rincorrere un conte Ristori o dall'avere un uomo accanto a ricordarci quanto eravamo fantastiche. Anche se, per carità, sarebbe stato un aiuto.

Cinque

«Una tragedia! Capisci, Mario?»

«Eh?»

«E non stare a fare spallucce come al solito. È anche un problema tuo, che ti credi?»

«Guarda bene, staranno in giro.»

«Stavano sul comodino, che ti credi? Chi può averle prese?»

Erano le otto e come tutte le sere stavamo cenando, io, mamma, papà e nonna Berta che viveva in casa con noi da quando avevo un anno, dopo che il nonno era morto.

Mamma era nervosa, aveva perso qualcosa. Nonostante avessi solo sette anni avevo capito, non certo i termini della discussione, ma quello che mamma credeva di avere perso.

Nel pomeriggio avevo trovato una scatola di caramelle sul tavolo della cucina. Mi erano sembrate bellissime, rotonde, colorate e con un nome fantastico: Arianna.

Senza pensarci due volte le avevo portate in camera. Poi avevo scoperto che la scatola conteneva una lunga letterina scritta con dei caratteri piccoli piccoli e l'avevo letta tutta. Ci avevo impiegato il pomeriggio intero.

Quando avevo visto mamma così sconvolta, avevo fatto un respiro profondo, ero scesa dalla sedia e mi ero incamminata in silenzio verso la mia cameretta. Un minuto dopo ero tornata con la confezione.

«Le caramelle, mamma» avevo detto appoggiando la scatola sul tavolo.

«Che caramelle?»

«Quelle che hai perso.»

Mamma, dopo avere dato uno sguardo alla scatola, era rimasta immobile, con il mestolo sospeso in aria tra la teglia e il piatto di papà.

Poi con la voce sottile mi aveva chiesto: «Mica te le sei mangiate, a mamma?».

«No, ho letto la letterina, non mi piacciono più» e avevo attaccato a recitare: «*Arianna è un contraccettivo orale di terza generazione, data la presenza di un progestinico sintetico come il gestodene. Nonostante la presenza di progestinici sintetici, utili essenzialmente a controllare alcuni degli effetti collaterali più comuni della contraccezione orale come la ritenzione idrica, l'aumento ponderale e disturbi cutanei, i contraccettivi di terza generazione espletano l'effetto anticoncezionale in maniera del tutto simile a quanto fatto da contraccettivi classici. 24 giorni consecutivi di assunzione di una compressa giallo-paglierina (contente gli ormoni); 4 giorni consecutivi di assunzione di una compressa bianca (placebo). Terminata la confezione, senza periodi di sospensione, è necessario iniziare subito con un nuovo ciclo*».

Avrei continuato se nonna non avesse cercato di trascinarmi in camera sua.

«Che cos'è un "progestinico sintetico"?» avevo proseguito. «E un "contraccettivo orale"?»

«Ssst, *citte*» mi zittì nonna, chiudendosi la porta alle spalle.

L'ultima cosa che vidi fu mamma in piedi con la bocca spalancata e il mestolo in aria da cui colava il sugo di pomodoro, e non dentro il piatto di papà.

Successe allora, a sette anni intuii che la mia vita avrebbe preso una piega strana.

«*Madò a sande Necòle*» continuava a gridare nonna. «*Madò a sande Necòle.*»

Seduta sul bordo del letto, la guardavo affascinata.

«*Si nù genie a nononna!!!*» e mi baciava.

«Ma mamma…»

«*Lassa pèrde, c'ť ne fotte a tè! Si nù genie a nononna!*»

Quando smise, e ci impiegò circa dieci minuti, la stanza era nel caos. Aveva sparso a terra tutti i libri e gridato un paio di volte ai miei di non entrare. Poi ne aveva preso uno nel mucchio e me lo aveva aperto sotto il naso.

«Leggi, a nonna!»

Obbedii. Lo richiuse e mi ordinò di ripetere quello che ricordavo. Lo feci, parola per parola. Nonna mi guardava in estasi.

Da quel momento tutti i giorni si ripeteva la stessa storia.

Nonna diceva che era un dono, io lo consideravo una condanna.

A dieci anni sapevo a memoria le avventure di Sandokan e di Tom Sawyer.

A quindici l'*Odissea.*

Ora, alle soglie dei quarant'anni, parlavo diverse lingue, del tutto inutili alla Pimpax, creavo test sul punto G, che poi forse nemmeno esisteva, e mi occupavo di assorbenti. Non credo fosse esattamente quello che aveva in mente nonna quando mi aveva chiuso nella sua stanza dopo l'episodio delle caramelle. Che poi non erano caramelle, sia chiaro.

«Pausa caffè» Mauri mi strappò a forza da Arianna, da san Nicola e da nonna Berta. Non avevo scelta, Maurizio non chiedeva, ordinava.

Era l'unico amico che avevo in ufficio, un ragazzo del marketing, ovviamente gay, e che contrariamente a me era in perfetta sintonia con l'ambiente di lavoro e aveva un ottimo "standing", per dirla come una delle mie colleghe in perfetto completo Armani.

«Meglio che non ci stiamo troppo, ci sono spie del KGB dietro ogni angolo.»

Maurizio era molto scaltro, aveva sempre le mosse giuste e non si faceva mai trovare impreparato.

Erano trascorse poco più di tre settimane dall'annuncio dell'arrivo del turnaround manager e non si era visto ancora nessuno. Passavamo le giornate come animaletti nelle tane in attesa del temporale, tutti a guardarci le spalle e a cercare di indovinare da dove sarebbe arrivata la mazzata.

«Cosa vuoi? Solito mokaccino con doppio zucchero?»

«Sì, grazie.»

«Poi però non ti lamentare che non trovi un uomo perché sei grassa.»

Guardai la mia immagine riflessa nel distributore del caffè. Alla fine non ero proprio da buttare. Piccola ero piccola e sì, forse anche un po' sovrappeso rispetto alla media milanese, ma perfettamente in tono con quella barese. Anzi, per i miei ero magra e deperita.

Ero cresciuta mangiando cartocci di *sgagliozze* e *popizze* tutti i santi giorni e quando cercavo di tenermi leggera, nonna mi preparava patate riso e cozze o peggio, la focaccia.

«Nonnina, sono a dieta!»

«*Arrète!!!*»

«Sì, sì, di nuovo. In verità non ho mai cominciato.»

A quel punto sollevava le spalle e mi piazzava sotto il naso la focaccia.

E si friggeva tutto, tanto per non sbagliare.

«Che colore pallidino» diceva mia madre, guardando esterrefatta il pesce nel mio piatto.

«È lesso.»

«Friggiamolo!»

Purtroppo non avevo le tette. L'unica donna in carne a avere poco seno e molto sedere, praticamente un'anfora. Per il resto ero la tipica ragazza del sud. Nonna cercava di sistemarmi i ricci neri e lunghi che scappavano da tutte le parti. Io anche scappavo, ma da lei.

Poi guardai Maurizio, una mia gamba valeva tutte e due le sue e avanzava pure. Mi sentii Moby Dick. E subito attaccai a lamentarmi.

«Mauri, vorrei incontrare un uomo dall'aspetto gradevole che non mi trovasse troppo repellente. Chiedo molto, secondo te?»

«Tesoro, se ti volevi fidanzare hai scelto la città sbagliata! Gli unici etero sono gli avvocati e i pubblicitari. Devi andare in palestra a pausa pranzo, sono tutti lì.»

«Vuoi dire che per conoscere un uomo devo andare a sollevare pesi?»

«No, cara. Sarebbe inutile, non ti rivolgerebbe la parola nessuno.»

«E quindi?»

«Beh, almeno ti rifai gli occhi!»

«Io senza occhiali non vedo niente.»

«Però butteresti giù quell'orribile pancetta!»

«E sì che io l'avevo incontrato il mio principe azzurro.»

«Peccato tu l'abbia investito, sono certo ora avreste messo su famiglia.»

Nonostante fossero trascorse settimane, non avevo dimenticato Ristori, Alberto dico, non il conte, che poi per me erano la stessa persona. Lo avevo sognato o era successo davvero? Non fosse stato per quell'orribile cicatrice dell'ustione di terzo grado avrei quasi pensato di avere immaginato tutto. Subito dopo l'incidente avrei voluto tantissimo incontrarlo di nuovo, ma non sapevo come fare.

«Dovevi vederlo, Mauri, era proprio il conte Ristori. E se tornassi al Policlinico? Potrei chiedere le sue generalità.»

«Brava, così ti ricoverano nel reparto malattie mentali o ti arrestano per stalking.»

Sbuffai e mi diressi verso la mia postazione.

Un tempo avrei voluto incontrare l'uomo della mia vita, a questo punto mi sarebbe bastato un uomo e basta.

Quando mamma mi aveva rivelato che Babbo Natale non esisteva, così come le streghe e i folletti, il mio piccolo mondo fatto di certezze aveva scartato all'improvviso. A quel punto sarebbe stato doveroso da parte sua approfittare della situazione e affondare ancora di più il coltello nella piaga, dirmi tutto. Ero comunque sua figlia.

«Cara, tesoro, bambina mia, Babbo Natale non esiste. Ah, e già che ci sono ti comunico che anche il principe azzurro è un'invenzione. Ora torna pure a giocare a "vissero per sempre felici e contenti".»

La verità fa male ma è doverosa.

E invece tutti lì a dirmi che dovevo avere pazienza, che prima o poi anche a me sarebbe capitato di incontrarlo.

Ecco, ho trascorso gran parte della mia vita ad andare in giro circospetta pensando che da un momento all'altro qualcuno mi avrebbe aggredita alle spalle quando meno me lo aspettavo. Anche una botta in testa sarebbe andata bene.

Invece ero ancora qui in attesa, anche se una botta c'era stata, oddio, più che una botta un incidente vero e proprio.

«Affidati a *sande Necòle*» diceva sempre nonna Berta al telefono.

«Macché san Nicola, qui ci vorrebbe un miracolo.»

«Appunto, *sande Necòle.*»

San Nicola era il protettore delle zitelle e secondo la tradizione le donne ancora da maritare, quindi anche la sottoscritta, dovevano recarsi in chiesa ogni sei di dicembre, all'alba, perché grazie all'aiuto del santo avrebbero incontrato l'uomo della loro vita. E mia nonna, ardente sostenitrice delle tradizioni e cartomante, tutti i sei di dicembre, quando ancora era buio, mi trascinava ad assistere alla santa messa truccata e agghindata come Moira Orfei prima del lifting. San Nicola, però, il miracolo non lo aveva mai fatto.

Mentre tornavo alla mia postazione dopo il mokaccino, come aveva previsto Maurizio incrociai le due Mata-Hari della Pimpax, Lavinia e Costanza. Già solo il suono dei loro nomi faceva impallidire il mio e mi relegava tra i paria. Camminavo radente al muro e non sembrarono far caso al mio strisciare da tanto erano assorbite nella conversazione: «Hai provato la ricetta del tortino di ceci che ti ho passato la scorsa settimana?».

Costanza era figlia della ricca borghesia milanese, sempre elegante senza farlo vedere, sempre perfetta senza sforzarsi di esserlo. Non l'avevo mai vista arrivare in ufficio con lo stesso vestito, ed ero lì da cinque anni ormai.

«Favolosa!» rispose Lavinia scandendo ogni sillaba.

Lavinia non apparteneva per censo al popolo del radical bio minimalismo milanese, ma si era camuffata in fretta ed era riuscita a diventare il braccio destro di Sofia, la nostra responsabile. Lavinia era la fedelissima, la favorita della regina.

«Tra l'altro ho passato il sabato pomeriggio a piantare germogli di soia e radici. Non hai idea di com'è rilassante. Ho eliminato tutte le tossine della settimana.»

Feci un cenno di saluto con la testa, così per non sembrare cafona, ma non mi degnarono di uno sguardo. Non ero molto amata e non solo perché non ero in grado di fare un tortino di ceci senza ceci. Se il turnaround manager avesse dovuto scegliere chi buttare giù dalla torre tra Lavinia, Costanza e me, non credo avrebbe avuto molti dubbi.

Bene, realizzai che stavo perdendo anche il mio posto tra i pannolini.

Conclusi la giornata e me ne andai direttamente al Frida, dove mi aspettavano Federico e Bianca. Pensavo a Ristori, al turnaround manager e a san Nicola. Fu allora che lo vidi.

«C'è Alessandro!» esclamai scattando in piedi.

«Stregatti, basta bere,» mi intimò Federico allontanandomi il bicchiere di birra «che ti si alza il colesterolo.»

«Anche la voglia di vivere però.»

«Tu vuoi farmi credere che il tizio che è appena passato è Alessandro?» intervenne Bianca.

«Sì.»

«Non è possibile, è vestito malissimo! Me lo immaginavo con dei pantaloni di vigogna taglio classico.»

«Quello vive in Australia da quattro anni, altro che vigogna! Al massimo potrà vestirsi come Crocodile Dundee.»

Mi risedetti sconsolata.

«Non fare così,» intervenne Federico «anche mia zia parlava con il marito morto.»

«E come ha risolto?»

«TSO, si fa ancora certe chiacchierate.»

«Questa città mi sta ammazzando. La odio. Lo sapete che al bar sotto casa non mi saluta nessuno? Insomma mi piacerebbe andare al bancone e poter dire "il solito".»

«Sarebbe molto chic,» intervenne Bianca «solo però se "il solito" fosse una coppa di champagne.»

«Basta incentivarla a bere! Il problema è che non te ne fai una ragione, l'uomo che credevi di amare si è rifatto una vita altrove» continuò imperterrito Federico.

«Che ne sai che si è rifatto una vita?» lo interruppi. «In fondo prima di partire mi ha detto molto chiaramente che al suo ritorno ne avremmo parlato.»

«Si vede che si è dimenticato cosa doveva dirti.»

«È solo colpa del Capodanno» sospirai.

«Ma dai, ci siamo divertiti.»

«Tu forse, c'erano quattordici donne e due uomini.»

«Però i presenti erano due gran bei ragazzi.»

«Uno eri tu e l'altro era gay.»

«Sì, in effetti sono partito un tantinello avvantaggiato.»

«Il problema è il maledetto periodo natalizio. Parliamoci chiaro, il Natale è fatto per essere vissuto in famiglia. Ma se una la famiglia non ce l'ha?»

«Non sapevo fossi orfana.»

«Cretino, intendevo una famiglia mia.»

«Dove è finita Bianca? Ah, eccola laggiù. Cosa fa? Parla con suo nonno?»

«È il nuovo fidanzato, un collezionista d'arte parigino. Mi sembra si chiami François.»

La serata al Frida si concluse presto. Bianca era stata invitata da François a una sonata a tre, un concerto di musica strumentale barocca, e noi decidemmo di andare a fare due tiri a biliardo. Ci raggiunse Letizia e all'una di notte stavamo ancora cercando di fare due tiri a biliardo.

Quella notte alle due ancora non dormivo. Contemplavo inquieta il soffitto del soppalco e pensavo. Che cosa ero diventata? Ora la mia massima aspirazione era non essere cacciata dalla Pimpax? Che fine avevano fatto i miei sogni?

A sedici anni, quando ancora tutto mi sembrava possibile, avevo compilato la mia prima e unica lista dei desideri.

1. Innamorarmi;
2. Trovare l'uomo giusto;
3. Sposarmi;
4. Non tradire mai gli amici;

5. Vivere la vita con serenità;
6. Avere tre figli;
7. Girare il mondo;
8. Diventare la direttrice di un giornale;
9. Trascorrere almeno un fine settimana in un albergo lussuoso;
10. Commettere una pazzia l'anno;
11. Comprarmi casa (possibilmente un attico) con una terrazza enorme;
12. Avere una cabina armadio;
13. Rifarmi tette, sedere, pancia, viso, cosce, glutei o, in alternativa, imparare a piacermi;
14. Avere il coraggio di essere me stessa;
15. La pace nel mondo.

All'epoca ero un'ottimista.

Quando la mostrai a nonna, sgranò gli occhi, emise delle imprecazioni impossibili da decifrare e svenne. Accorsero i vicini e poi il dottore. Aveva avuto un ictus, si sarebbe ripresa ma ci sarebbero voluti mesi.

Ero sicura fosse stata colpa mia, e della lista. Forse non aveva digerito la storia delle tette finte o quella della pace nel mondo.

Ora, senza stare qui ad analizzarla punto per punto, con una semplice occhiata potevo serenamente affermare di non averne realizzato neanche uno e non solo per paura che alla nonna potesse venire un altro ictus.

Non avevo una cabina armadio né un marito, non ero diventata la direttrice di un giornale e non sapevo nemmeno come fosse fatto un albergo lussuoso. Almeno "la pace nel mondo", di cui oggettivamente non me ne fregava niente, avevo avuto il buon gusto di posizionarla in fondo. Insomma la mia vita era una linea dritta, se fossi morta improvvisamente le avrei dato una bella sterzata, ma poi non sarei potuta rimanere lì per raccoglierne i frutti.

Quante volte avevo immaginato di ricominciare da capo? Sognavo una vita finalmente diversa, vincente. Non sapevo ancora che non si sfugge al proprio destino.

Ci sono cose che non si possono cambiare senza l'aiuto di un buon chirurgo plastico e un ottimo psicologo.

Forse quel famoso qualcuno aveva ragione, la vita può cambiare in un attimo. Ma sono del parere che un po' bisogna volerlo questo benedetto cambiamento. Se non siamo spinti da un desiderio potremmo ritrovarci a camminare per anni lungo un'autostrada e per giunta senza neanche un piccolo incidente a ravvivare il percorso.

In fondo la vita è una, almeno finché qualcuno non mi dimostra il contrario.

Sei

Mi addormentai alle quattro del mattino.

Sognai il conte Ristori, quello vero, che si faceva leggere le carte da mia nonna. Io ero chiusa nell'armadio, come sempre, e ascoltavo rapita il suo futuro.

«*T'ava rompe 'na gamba,*» diceva nonna «*si capite? T'ava rompe 'na gamba ma poi s'aggiuste. Megghie de prime.* Bella bella, dritta dritta.»

Poi lo sentivo uscire dalla stanza e dopo un paio di minuti mi svegliai di soprassalto perché nel sogno c'era stato il rumore di una frenata e uno schianto. Il povero conte era stato investito.

Ripensai a quell'armadio. Quanto tempo avevo trascorso chiusa lì dentro?

Nonna era brava in quello che faceva. Prediceva il futuro a tutto il vicinato e a casa c'era un viavai continuo di gente. Questo innervosiva parecchio mia madre e rendeva felice me che mi nascondevo e ascoltavo, non vista, le faccende personali dei vicini e dei loro eredi. E naturalmente esercitavo la mia prodigiosa memoria.

Era divertente vivere dentro l'armadio. Fuori c'era un mondo che non comprendevo e che non comprendeva me. A scuola non avevo amici, a parte Modestina. Gli altri mi tenevano alla larga proprio perché ero la nipote di Berta, la stregona, e perché la mia memoria a tempo di record li spaventava. Chiusa lì dentro invece mi sentivo al sicuro. Avevo anche improvvisato una specie di cambusa.

Un giorno, appena andato via il parroco in visita per sapere se suo nipote non ancora nato sarebbe diventato dottore, nonna mi gridò di uscire: «*Isse daffore!!*».

Feci capolino dall'armadio: «Che ne sapevi che ero qui dentro?».

«Eh, *mò vine tu?* Tutto so...»

Ero sicura fosse stata colpa dell'odore delle sgagliozze, la polenta fritta che mi ero portata dentro.

Comunque il sogno mi aveva turbato parecchio e quando arrivai in ufficio ero ancora confusa e stordita. «Penelope!» gridò Sofia apparendo improvvisamente alle mie spalle. «Hai fatto partire il comunicato stampa? Hai chiamato la pasticceria per il coffee break? Hai avvisato internamente che alle sedici ci sarà la riunione e hai riservato la sala grande? Non vorrei che poi qualcuno la occupasse.»

«Sì.»

«Sì cosa?»

«Sì, ho fatto tutto.»

«È una tua responsabilità e non ammetto errori.»

Aveva paura, molta paura. Il fantomatico signor Scrooge era arrivato, preceduto da pettegolezzi di ogni tipo, e lei ne era terrorizzata. E un po' anche io, di riflesso.

Poco prima delle quattro nella sala si erano riuniti praticamente tutti. Cioè, i tutti che contavano. Le tendine erano abbassate e non si riusciva a vedere attraverso le vetrate. Sofia era all'interno, ovviamente. Me la immaginavo impegnata a scrivere forsennate e-mail sul suo iPad. Era convinta che quello che faceva fosse di capitale importanza. Neanche avesse dovuto salvare vite umane. Beh, io per esempio una l'avevo salvata.

Forse.

Poi c'era Tondelli, il responsabile della produzione, una specie di impiegato del catasto, basso e tarchiato soprannominato "foglio Excel". Qualsiasi cosa bisognava fare, dal mandare in produzione i nuovi assorbenti al decidere quale macchinetta del caffè ordinare, lui compilava un foglio Excel. Doveva esserci anche Lavinia, concentrata sulla manicure appena fatta, e il direttore generale, l'ingegnere Saverio Pacifico Frizzante, che era un uomo tutt'altro che pacifico e frizzante. Sempre rinchiuso nella sua stanza, lo si vedeva comparire raramente e quando avveniva non era mai una cosa piacevole. Era una specie di signor Burns, il capo di Homer Simpson per intenderci.

Venni distratta dalla vibrazione del mio cellulare.

«Ciao Bianca, non posso stare molto al telefono.»

«Allora ci sentiamo stasera. Domani mattina parto per New York. C'è un'asta importantissima da Christie's che non posso saltare.»

«Ma che hai? Sei agitata per l'asta? Hai una voce strana.»

«È successa una tragedia.»

«E cioè?»

«Ho lasciato François.»

«Mi dispiace tantissimo.»

«Non è questa la tragedia.»

«Ah no?»

«No, figurati. Vado a New York con il maestro Lautzer.»

«E chi è?»

«Il direttore d'orchestra tedesco!»

«Ma ha ottantasei anni!»

«Un grand'uomo.»

«Ha più anni di tuo padre!»

«Che c'entra, è mio padre a essere giovane.»

«Stregatti!» una voce alle mie spalle mi fece sobbalzare sulla sedia.

«Oddio, è Sofia. Senti, devo andare, ne parliamo più tardi. C'è una riunione di quelle serie, è arrivato il nuovo consulente, un certo Riccardo Gallone, Cedrone, qualcosa del genere. Pare debba ristrutturare l'azienda. Dovresti vedere le mie colleghe, tutte in tiro. Io sembro la sora Lella.»

«Devi smetterla di fare sempre la pecora nera, hai un figurino aggraziato e un bel viso, se solo ascoltassi i miei consigli.»

Bianca aveva un modo tutto suo di volermi bene, era l'unica a occuparsi del mio standing o almeno tentava di farlo.

«Stregatti, vieni subito nel mio ufficio.»

Sofia fece capolino, chiusi subito la conversazione con Bianca e la seguii senza replicare.

Vedevo le sue natiche secche ancheggiare sotto la gonna di Armani.

Nel suo ufficio, seduta di fronte a lei, pensavo a quanto dovesse soffrire. Nel senso che era evidente fosse follemente innamorata di Guidieri e che tutto ciò che faceva e diceva era fatto e detto per compiacerlo. Più lui la trattava male, più lei si affannava e si incattiviva. Il loro era a tutti gli effetti un rapporto sadomaso, lei la vittima lui il carnefice. Alla *Secretary*. Non potevo immaginarmeli a letto insieme, mi veniva la pelle d'oca. Guidieri aveva il sex appeal di un calamaro, oltre a una moglie e due figli che studiavano a Boston. Ma era un uomo di potere e Sofia lo amava per questo. Aveva anche una sua foto sulla scrivania, uno scatto fatto durante un'intervista. Io e Maurizio ce la immaginavamo inginocchiata davanti alla cornice, in adorazione.

«Ma mi stai ascoltando?»

Oddio, mi ero distratta.

«Certo.»

«Quindi? Sei d'accordo con me?»

«Ovvio.»

«Benissimo. Allora andiamo di là in sala riunioni e te lo presento.»

«Chi?»

Mentre si alzava dalla sedia, il viso di Sofia si contorse in una smorfia innervosita.

«Riccardo Galanti! Il nuovo consulente!»

Ah, Galanti, ecco come si chiamava.

«È gentile da parte tua, grazie.»

Ero sorpresa. Un gesto carino, una dimostrazione di rispetto nei confronti del mio lavoro.

Camminavamo di nuovo in fila indiana, lei davanti io dietro.

«Beh, devo presentartelo per forza, altrimenti come potresti fare la sua segretaria?»

Mi fermai in mezzo al corridoio, lei si accorse di non avere più i miei occhi puntati sul suo sedere e si voltò verso di me.

«Guarda, la cosa è semplicissima. Lui aveva bisogno di un'assistente e io gli ho fatto immediatamente capire che qui siamo collaborativi e gli ho messo a sua completa disposizione un membro del mio staff.»

«Perché io?»

Mi afferrò un braccio con quella sua mano ossuta e mi diede un paio di strattoni.

«Perché sì.»

Mi sentii mancare la terra sotto i piedi.

Poi, venendomi vicino, aggiunse: «Devi riferirmi tutto, capito? Tutto. Ha in mente qualcosa, forse ci vende ai cinesi e se così fosse… Gioco di squadra!».

Va bene, arrivavano i cinesi, ma io la segretaria di questo Galanti non potevo proprio farla. Tra l'altro non ne avevo le competenze. Che doveva fare una segretaria?

«Sofia, io non posso!»

Andava bene non vincere il Pulitzer, ma questo era inaccettabile.

«E perché mai?»

Sono laureata in lettere, ho due master in giornalismo, so perfettamente l'inglese, il francese, il tedesco e anche un po' di cinese, avrei voluto risponderle.

Ma mi uscì solo un: «Va bene. Almeno lui com'è?».

«Un grandissimo stronzo.»

Ecco.

Appena entrata nella sala riunioni gli occhi di tutti si appuntarono su di me, soprattutto quelli di Lavinia. Che cosa voleva da me? Perché mi odiava? In fondo mi era toccato il compito peggiore. La vidi bisbigliare qualcosa all'orecchio di Costanza, potevo immaginare che cosa si stessero dicendo. Mi sentii catapultata indietro ai tempi delle elementari, quando tutti mi parlavano alle spalle per via della memoria prodigiosa. Modestina era l'unica amica che avevo ed era sempre stata costretta a difendermi. Una volta c'era stata persino una rissa, ai giardinetti. Celeste, la più carina della classe, aveva detto qualcosa di brutto su di me e su mia nonna e Modestina le aveva appiccicato un'intera confezione di Big Babol sui capelli lunghi, biondi e perfetti. Quella il giorno dopo si era presentata in classe rasata quasi a zero. L'oltraggio doveva essere vendicato e allora Celeste le aveva dato appuntamento ai giardinetti. Fu un agguato vero e proprio perché lì, ad attenderla, non aveva certo trovato Celeste, ma suo fratello più grande Benedetto, con l'inseparabile amico. Modestina però non si era scomposta. Li aveva guardati a lungo e poi, stringendo i pugni, aveva iniziato ad avanzare verso di loro. Quelli presi alla sprovvista indietreggiarono. Quando sbatterono le schiene contro gli alberi, Modestina attaccò stendendoli in un paio di minuti. Fu allora che Benedetto, con ancora la faccia nel fango, decise che Modestina sarebbe stata la donna della sua vita.

Così molti anni dopo era nato il povero Luigino.

Se solo fossi stata più coraggiosa, più bella, più sicura di me.

Mentre riflettevo su tutto quello che avrei voluto essere e non ero, scorrevo con gli occhi i volti dei presenti seduti a quel tavolo. Quando arrivai all'uomo che era in piedi, rimanemmo entrambi senza fiato, ma credo per ragioni differenti. E sarei caduta per terra se non mi fossi appoggiata con tutto il peso a delle stampelle addossate alla parete. Con acrobazie degne del *Cirque du Soleil* cercai di recuperarle, ma quelle si schiantarono al suolo con un rumore assordante.

«Oddio, scusate.»

«Penelope, per l'amor del cielo!» Sofia era esasperata.

Mi piegai per raccoglierle, forse con troppa violenza. Si aprì uno strappo nel pantalone, all'altezza del sedere. Mi portai istintivamente una mano dietro e, facendo leva sulla poca dignità che mi era rimasta, risalii con lo sguardo la figura dell'uomo che avevo appena avuto il tempo di vedere, potevo essermi sbagliata. La prima cosa che si parò davanti fu una gamba bloccata da un tutore. Semplice coincidenza, pensai.

Quando recuperai la posizione eretta non avevo più dubbi.

Rimasi impietrita e feci cadere a terra di nuovo le stampelle.

«*Chi tt'è muerte*» bisbigliai.

Le raccolsi.

«Basta, per l'amor di Dio!» esclamò l'uomo che senza ombra di dubbio era Alberto Ristori ma che per qualche strana ragione si faceva chiamare Riccardo Galanti, strappandomele dalle mani. «Meglio darle a me.»

«Sì scusa, cioè scusi, volevo dire scusate.»

«Il concetto è chiarissimo a tutti. Lei si scusa. Ora vogliamo proseguire la riunione? Dov'è la mia segretaria?»

«Ce l'ha di fronte» intervenne Sofia.

Questa volta fu lui a rimanere impietrito.

Parte seconda

«Non puoi aspettarti che gli eventi che desideri ti piovano dal cielo.
Devi provocarli.»

Katharine Parker in *Una donna in carriera*

Sette

«Io non sono Alberto Ristori.»

Ero in piedi di fronte a lui nel suo ufficio.

Dopo le mie acrobazie con le stampelle e le presentazioni, mi avevano gentilmente fatto accomodare fuori in attesa della fine della riunione.

Avevo approfittato della confusione per chiamare Federico e raccontargli quanto era successo.

«Tu devi iniziare a drogarti, Stregatti. Forse otterremmo l'effetto desiderato, diventeresti una persona normale.»

«Fede, so riconoscere l'uomo della mia vita quando lo incontro! Si è fatto crescere la barba, ha le lenti a contatto ma è lui!»

«Una drag queen.»

«La domanda è: perché fingere di essere un'altra persona?» proseguii ignorandolo.

«No, qui la domanda è un'altra: perché ti sto ancora a sentire?»

Riattaccai subito dopo, proprio quando Ristori spuntò alle mie spalle invitandomi a seguirlo.

«Sono confusa, mi dispiace, forse sarà per colpa di questo nuovo incarico.»

«Può succedere, spesso mi scambiano per un'altra persona.»

«Eppure… credevo proprio… insomma, ha anche il tutore.»

«Incidente sciistico.»

«Pensavo di avergliela rotta io» dissi quasi con orgoglio indicando la gamba. «Non che la cosa mi faccia piacere, intendiamoci. Ma se lei insiste a dire che non è Alberto Ristori…»

«Insisto.»

«Certo, certo.»

«Ora che ci siamo chiariti, Streghetta…»

«Gatti.»

«Gatti?»

«Stregatti.»

«Bene, Stregatti, ora che ci siamo chiariti veniamo a noi.»

«A noi?»

Arrossii, lui mi guardò stranito.

«A noi… inteso come lavoro, certo.»

«Ho bisogno che lei mi procuri il prima possibile i documenti di bilancio, l'elenco del personale e il cash flow.»

Deglutii. La faceva facile, lui.

«Chiarissimo.»

«Ottimo.»

«E questo flow dove si trova?»

Fece un profondo respiro.

«Lo deve chiedere al direttore generale.»

«Ah, ok.»

Mio Dio, mi incuteva un po' di timore l'idea di bussare alla porta del signor Burns e chiedergli tutti questi documenti.

«Lunedì devo essere a Parigi per una serie di incontri,» proseguì «organizzi il viaggio. Per ora è tutto, può andare. Anzi no, un'ultima cosa,» aggiunse «mi prepari un caffè, macchiato freddo. Sarà una lunga giornata.»

«Come una lunga giornata? Sono le sei.»

«Deve andare da qualche parte?»

«No, in verità non ho mai niente da fare» mi sfuggì. «Cioè sono sempre piena di impegni,» mi affrettai ad aggiungere «mi riferivo a questa serata in particolare, non in assoluto. Anzi, di solito ho così tante cose da fare che devo segnarmele in agenda.»

«Bene, allora si segni che questa sera passerà la serata con me.»

«Davvero?»

Lo vidi sollevare un sopracciglio.

«Non la sto invitando a cena, se è a questo che stava pensando.»

«Certo, certo, avevo capito. Non ho neanche i pantaloni.»

«...»

«Cioè, i pantaloni ce li ho! Intendevo dire quelli adatti a una cena. Si sono strappati.»

«Credo se ne siano accorti tutti. Chiarito questo punto e sperando che riuscirà a procurarsene un altro paio, vogliamo proseguire?»

«Va bene.»

«Grazie. Allora, Parigi lunedì prossimo. Ho una serie di appuntamenti. Alle undici una riunione molto importante e a seguire un pranzo. Ma non prende appunti?»

«Appunti? Ah, certo» presi una penna a caso e strappai un foglio da un quadernino che trovai sulla scrivania davanti a me.

«Quella è la mia agenda.»

«Mi scusi, il foglio però è bianco, vede?»

Fece un profondo respiro e continuò: «Allora, partenza mattina presto, in business, controlli subito le tariffe. Ci appoggiamo a un'agenzia particolare?».

«E che ne so? Cioè, certamente sarà così. Mi informo.»

«Ma lei ha mai fatto la segretaria?»

«No» risposi, con un filo di voce. «Ma sono una che si impegna.»

Poi, vedendo che non dava segni di vita, cercai di guadagnare l'uscita come un gambero: «Allora intanto vado a preparare il caffè e a procurarmi un paio di pantaloni nuovi».

Quanti passi mi separavano dalla porta? La risposta arrivò in pochi secondi, sbattei le spalle e poi la testa contro il muro. Ero arrivata.

«Ah! *Chi t'è muerte!*» con una mano dietro la schiena sgusciai fuori.

«Non dimentichi i pantaloni!» lo sentii dire.

Mi stavo dirigendo a testa bassa verso le macchinette del caffè quando mi scontrai con Sofia.

«Allora? Che cosa ti ha detto? Cosa ha intenzione di fare? Parla, santo cielo!»

«Vuole andare a Parigi.»

«Parigi? Perché? Non ha senso. Ti ha detto altro?»

«No.»

«Sei inutile.»

«Ah sì, il cash flow!»

«Eh?»

«Mi ha chiesto di visionare i documenti di bilancio e il cash flow.»

«Lo sapevo! Maledetta serpe. Povero Umberto, si è spaccato la schiena per questa azienda e ora guarda come viene ripagato. Tu riferiscimi tutto, hai capito?» e si incamminò a passo di carica verso l'ufficio di Ristori.

Mentre preparavo il caffè incrociai Maurizio.

«Tesoro! Ho saputo del nuovo incarico! Adoro!»

«Se lo dici tu.»

«E poi lo hai visto bene? È strepitoso. Altro che Scrooge, quello è Iron Man!»

«Sì, sarà gay.»

«Magari.»

«Maurizio, io parlo cinque lingue!»

«Ti odio. Non me lo ricordare. Un momento, perché cinque? Me ne manca una.»

«Sto imparando l'arabo-persiano, non si sa mai.»

«Fai bene. Metti che ti svegli una mattina con la voglia di farti saltare in aria in Duomo.»

«Già. Ti tengo aggiornato sul boss.»

«Brava. Scappo che vado al meeting, qui son tutti fuori di testa per la ristrutturazione. Finché non capiscono che cosa succederà veramente…»

«E tu?»

«Non lo so, ancora non siamo stati convocati ufficialmente ma è solo una questione di tempo. Comunque,» e abbassò la voce «non aspetto certo che mi mandino a casa loro. Mi sto già muovendo.»

«Meno male. Perché Sofia mi ha parlato di cinesi che sarebbero pronti a comprare l'azienda.»

«Ma che vuoi che ne sappia quella? L'unica cosa che sa fare è cambiare i fiori davanti alla cornice di Guidieri!»

Scoppiai a ridere, poi guardai Maurizio che entrava in sala meeting dove sarei dovuta andare anch'io se non fossi stata "promossa" a segretaria. La mia carriera si stava muovendo come facevo io con i pantaloni strappati, a gambero.

Mi diressi nuovamente verso la stanza di Ristori e bussai. Una volta dentro ebbi la sensazione che si fosse appena conclusa una battaglia. Sofia era in piedi di fronte a lui a braccia conserte. «Il nostro nuovo consulente deve dirti due parole. Vi lascio soli» ruppe il silenzio e scomparve.

Mi avvicinai e gli appoggiai il caffè sulla scrivania.

«Ho saputo che lei parla molte lingue.»

«Grazie, ho questo problema da quando sono nata, memorizzo tutto.»

Ero sorpresa che Sofia se ne fosse ricordata.

«Ed è una problema secondo lei?»

«Beh, sì. Certe cose andrebbero dimenticate.»

Lo vidi sorridere, gli occhi gli brillavano, Dio quanto era bello. Ed era il mio conte Ristori, altro che Galanti!

«Allora i posti in aereo sono due.»

«Va bene.»

Eh? No, un momento!

«Come due?»

Ecco, lo sapevo. Aveva una moglie.

«Cioè, per carità,» mi affrettai ad aggiungere «se lei vuole viaggiare con un'altra persona liberissimo di farlo.»

«Meno male.»

«Chi è l'altro passeggero?»

Mi guardò dritto in faccia.

«Lo chiedo solo per l'agenzia che deve emettere il biglietto.»

«Ovvio.»

«Sua moglie?»

Aprì la bocca per rispondere: «...».

«La sua fidanzata?»

«Se...»

«Il suo fidanzato?» mi sfuggì.

«Stregatti, non sono gay e non sono sposato.»

«Certo, mi scusi.»

Ma che mi era saltato in mente?

«Non sembra gay infatti. Oddio, non ci sarebbe niente di male! Ci mancherebbe, io amo i gay.»

Non riuscivo a smettere di parlare e lui mi guardava come se fossi una ballerina di danza classica obesa. «Bene, Stregatti, allora possiamo procedere con questi due biglietti?»

«Certamente.»

«Uno a nome mio, l'altro a nome suo.»

«Benissimo.»

No, un momento! Parigi? Io?

«Non credo di avere capito bene. Io e lei a Parigi? Insieme?»

Forse lo chiesi con troppo entusiasmo, sentii le guance avvampare.

«Se preferisce possiamo volare separati, ma la sostanza non cambia.»

Ero impietrita.

«Tutto bene?»

«No! Volevo dire sì. Mi scusi, sono un po' provata.»

«Cerchi anche un albergo in centro e prenoti due doppie. Staremo lì una notte.»

«Anche la notte?» mi scappò e qui le guance mi diventarono due cocomeri.

A quel punto lo vidi sprofondare nella poltrona in segno di resa.

«Scusi, certo, ovvio. Il fatto è che non sono mai uscita dall'Italia.»

Non che non ci avessi provato, e per ben due volte.

L'11 settembre del 2001, prima dell'inizio del master, avevo preso posto sull'aereo che mi avrebbe portata a New York. Ero felice. Il fatto che non ci facessero decollare non mi turbava e mentre tra i passeggeri iniziava a serpeggiare una certa inquietudine, io ero al terzo bicchiere di vino. Quando dopo più di due ore ci fecero scendere, ero completamente ubriaca.

Il resto della giornata trascorse nell'attesa di capire se ci avrebbero imbarcati di nuovo. Nel dubbio mi ero seduta al bar e continuavo a bere.

Tornata a casa accesi subito il televisore. Ci misi un po' a capire che non stavano trasmettendo *Die Hard*, il primo, quello in cui Bruce Willis deve salvare un grattacielo dall'attacco terroristico. E allora capii due cose, anzi tre: che potevo diventare un'alcolizzata, che non sarei andata a New York per un bel po' di tempo e che il mondo non sarebbe più stato lo stesso.

Ricordo che chiamai nonna.

«Che dicono le carte, nonnina?» le chiesi.

«*Le muerte.*»

«Ecco. Ma morte in generale o c'è proprio un riferimento a me nello specifico?»

«*Le muerte.*»

Non era facile decifrare le parole della nonna, e le cose peggiorarono dopo l'ictus. Ero l'unica che riusciva a capirla: «Che ha detto la nonna?» mi chiedeva sempre mamma.

«Che vuole essere lasciata in pace.»

«Eh, *esageraà!*»

Il 26 dicembre del 2004 tentai di nuovo la sorte: Indonesia. Anche lì qualcosa andò storto, uno tsunami aveva devastato tutto. Quella volta almeno ero riuscita a tenermi lontana dall'alcol.

«E va bene, vuol dire che Parigi sarà la sua prima volta.»

«Le garantisco che è meglio che io non salga su quell'aereo domani.»

«E perché mai?»

«Scoppierebbe la guerra termonucleare globale!»

Lo vidi sgranare gli occhi.

«*WarGames*! Il film! Quello con Matthew Broderick. Il mio pesce rosso si chiama come lui. Che poi tra l'altro non potrei proprio lasciarlo solo...»

Intanto le immagini della città più romantica del mondo mi scorrevano davanti agli occhi, champagne, foie gras, Tour Eiffel, mi abbandonai sulla sedia di fronte a Ristori, in estasi.

«Stregatti!»

«Sì?» risposi sognante.

«Può anche andare a casa ora.»

Scattai in piedi.

«Bene, grazie. Allora io vado.»

«Vada.»

Tornata alla mia scrivania chiamai a casa, dovevo assolutamente parlare con la nonna.

«Pen, come stai a mamma? Come mai chiami a quest'ora? È successo qualcosa? Mangi? Ti è arrivato il calzone di cipolle? E la focaccia? Dormi a mamma?»

«Sì tutto bene. Il calzone di cipolla l'ho donato alla Caritas e la focaccia all'Esercito della Salvezza.»

«Sempre *a fà la spiritose, c' cape gloriose.*»

«Quale capa gloriosa, non scherzo mica. La nonna? Le dovrei chiedere una cosa.»

«Aspetta che controllo. Mamma? Mamma dove sei? È tua nipote!» sentii che si allontanava e poi improvvisamente un grido: «Mamma! Stai fumando lo spinello chiusa in bagno! *Mò è che mi devono venire i cinque minuti!* Esci subito di lì, *mi si sentuta*? Guarda che lo so che stai lì dentro. Sento puzza di fumo.»

Nonna era convinta di essersi ripresa dall'ictus solo grazie all'erba che il suo vecchio amico farmacista le elargiva sottobanco. Da allora continuava a fumarla di nascosto, nonostante ormai stesse benissimo.

Feci un salto quando mia madre tornò al telefono: «Lei si crede che noi qui stiamo a giocare. Le verrà un altro ictus se continua così».

«Le dici di richiamarmi poi, per favore? È una cosa della massima importanza.»

«Certo, se riuscirà a parlare.»

Trascorsi pochi minuti, ero al telefono con lei.

«Capisci? Non posso partire, lo sai anche tu che non porta bene. È tutta la vita che sogno di andare a Parigi con un uomo ma non così, non ora, non con lui!»

Silenzio.

«Nonna?»

«*Aspi’*, pendolo.»

«Brava. Fai anche le carte. Ah, e anche la pentola di acqua, non si sa mai. Aspetto in linea? Pronto? Pronto, nonna? Allora?»

«*Avà partì.*»

«Posso? Davvero?»

«*Assélute.*»

«Sicura? E poi? Che dicono?»

«*Acchierai* due cristiani.»

«Troverò due uomini? Sì vabbè, nonna?»

«Le carte parlano: due cristiani, o forse tre. Ma sta confuso.»

«Come confuso? Cioè li vedo tutti insieme o uno alla volta?»

«*Meh mò vogghie scì a balla☒.*»

«A ballare? Tre uomini? Nonna?»

Ma stava già cantando. Riattaccai.

Peccato che il sei dicembre fosse passato, in quel momento sì che sarei andata in chiesa a pregare san Nicola.

Perché Sofia aveva insistito che andassi a Parigi con lui? C’erano troppe cose che non mi quadravano e in più dovevo prendere un aereo.

Girare il mondo, lo avevo depennato dalla lista.

Bisogna avere paura di ciò che si desidera, perché può realizzarsi.

Otto

«Parigi! Ma ti rendi conto?» Letizia si agitava sulla poltrona.

«Ssst, inizia il film.»

«Ricordami cosa siamo venute a vedere?»

«*Maleficent*!»

«E che roba è?»

«*La bella addormentata nel bosco*! Un po' rivisitato.»

Eravamo al cinema di quartiere e come al solito avevo scelto io il film. Se le avessi detto subito che cosa saremmo andate a vedere, avrebbe di certo trovato una scusa per non venire.

Adoravo i film tratti dalle favole, mi facevano stare bene.

«Senti, ma lui sa della maledizione? Cioè, sa che quando devi partire succedono sempre delle catastrofi?»

«No, comunque il problema non è questo. Lui non è chi dice di essere.»

«Tu pensa solo a comportarti bene. Non cercare di sedurlo, non ti abboffare a cena, non bere come un camionista e cerca di far partire quell'aereo.»

«Facile proprio. Sembra Christian Bale in *Batman.*»

«*Belìn*, caschi bene.»

«Sguardo magnetico, spirito da avventuriero con quell'aria malinconica e disperata che sembra nascondere segreti inconfessabili.»

«Il protagonista di una telenovela sudamericana.»

«Un po' Juan del Diablo infatti.»

«E che cosa è?»

«*Cuore selvaggio.*»

Appena iniziarono a scorrere i titoli di testa mi distrassi immediatamente. Era stata una giornata intensa, se in quelle settimane ero sicura che non avrei mai più rivisto il mio conte Ristori ora tutto era cambiato all'improvviso. Perché Ristori poteva darla a bere a chiunque ma non a me. Non capivo nulla di punto G e di relazioni sentimentali, ma ero sempre stata un'ottima fisionomista e il nuovo consulente della Pimpax era Alberto Ristori, altro che Riccardo vattelapesca. Un momento. L'uomo che avevo investito aveva un tatuaggio sul polpaccio, me lo ricordavo bene, la scritta, l'occhio stilizzato, il pirata. Dovevo solo aspettare che si togliesse il tutore e poi prenderlo di sorpresa. Parigi era l'occasione perfetta.

Sobbalzai sulla poltrona quando arrivò la fine del primo tempo, non avevo seguito nulla.

«Perché Angelina Jolie è diventata improvvisamente cattiva? Non ci si può distrarre un attimo.»

«Streghina, per un uomo. Ah, come la capisco. Io invece proprio non ci riesco. Più mi trattano male più mi affeziono.»

Su questo io e Letizia eravamo due gocce d'acqua, non appena incrociavo un uomo che palesemente non mi voleva, iniziavo a desiderarlo follemente. Tutto era cominciato con Ferdinando, mia nonna, san Nicola e la cacca di Ughetto.

Ferdinando era stato il primo amore della mia vita, l'unico tra i sette e i sedici anni. Un vero colpo di fulmine. Per nove anni ogni domenica mattina scalpitavo per andare in chiesa e poterlo incrociare a messa. Mia madre era commossa da tanta devozione, nonna invece aveva capito tutto e mi accompagnava tenendomi per mano dopo avermi sistemato i capelli.

Era il bambino più bello che avessi mai visto. Ed ero sicura che mi amasse. Mi amava quando mi prendeva in giro, quando mi tirava i fiocchi colorati che nonna mi aveva appuntato in testa, quando mi alzava la gonna mentre passava il parroco. Mi amava persino quando mi tirava la cacca che il suo cane Ughetto faceva in generosa quantità.

Più mi insultava, più lo amavo ed ero sicura di essere ricambiata.

Un gorgo infernale da cui non sarei mai uscita.

Finché una domenica mattina, poco prima della messa, lo vidi infilare una busta tra i fogli delle preghiere di mia cugina Angela. Rimasi in attesa di sapere cosa fosse per più di un'ora, poi Angela me la mostrò, era una lettera d'amore. Il mio cuore smise di battere tanto che non feci in tempo a fermarla. Era convinta che fosse stata scritta da Giuseppe, l'amico di Ferdinando. Il poveretto invece era all'oscuro di tutto e quando Angela si precipitò da lui e lo baciò, davanti ai miei occhi increduli, non ebbe altra scelta che abbozzare. Oggi hanno tre figli, non sono sicura che Giuseppe si sia trovato a farli di sua spontanea volontà.

Avevo sedici anni, da allora le cose non erano cambiate.

Letizia sospirò, cercai di consolarla: «Il miglior modo per sentirsi meglio è guardare una persona che sta peggio di te, direbbe Federico».

«E sarei io?»

«No, io e te siamo allo stesso livello. Sto parlando della tizia seduta due file davanti a noi, la vedi? Accanto al fidanzato. Lui è gay.»

«Come fai a dirlo? Magari ha solo un pessimo stylist.»

Il ragazzo in questione aprì una specie di mini borsello in cuoio da cui estrasse un fazzoletto di stoffa.

«*Ussignur*, una cosa orribile.»

«Una "empty pocket pochette", me l'ha spiegato Maurizio. Anche lui la usa quando esce la sera, è il must have della stagione.»

«Ok no, è gay.»

Scoppiammo a ridere, il ragazzo con l'empty pocket pochette si voltò e ci fulminò con lo sguardo.

La fine del film ci diede il colpo di grazia.

«Streghina, che mi hai portato a vedere? Hanno eliminato il principe azzurro e la bella addormentata viene salvata dalla matrigna cattiva. Da psichiatria infantile.»

«È più realistico.»

«Ma ci tolgono il diritto di sognare.»

«Meglio, guarda come ci hanno ridotte. Torniamo a casa, devo fare il quiz della settimana, *Come riconoscere il tuo uomo ideale*.»

Arrivate davanti al portone gli entusiasti della vita, nella persona di Luca Bassotti e Gennaro Nardotti, apparvero davanti a noi con le buste della spesa. Non solo quei due dividevano l'unico appartamento del condominio che aveva un bagno degno di tal nome, ma lo condividevano con una povera ragazza brasiliana che avevamo visto sì e no tre volte. Forse si era suicidata. Io lo avrei fatto di certo se fossi stata costretta a vivere con quei due.

Per loro qualsiasi cosa succedeva nel palazzo e nel mondo era entusiasmante.

Li odiavamo tutti.

«Ragazze! Ciao! Che bello vedervi!»

Appunto.

«Siete pronte per sabato?»

Difficile capire chi lo avesse chiesto, forse Bassotti.

«No, perché?» chiese Letizia.

«C'è la festa condominiale da noi!» questo lo disse l'altro, Nardotti. «Abbiamo anche deciso di dare un tema alla serata, *Il grande Gatsby*!» lo disse chiudendo gli occhi e aprendo le braccia.

«*Ussignur*» sfuggì a Letizia.

Intanto eravamo entrati tutti in ascensore. Per fortuna noi eravamo al terzo, loro al quinto.

«Siamo arrivate» sospirai.

«Che bello! Allora a sabato.»

Ci sedemmo sconsolate sullo sgabellino di legno che Letizia aveva messo davanti alla porta. La connessione Internet in casa non le funzionava mentre lì fuori sì. I tecnici non erano mai arrivati nonostante i ripetuti solleciti.

«Mi aiuti con questo test?» le chiesi mentre sorseggiavo la mia tisana. Avevo scelto quella per la pancia piatta, lei quella per la felicità.

«*Belìn*, se non hai paura di essere licenziata.»

«Ma no. Domanda numero uno: nei primi venti minuti di conversazione quante domande ti ha fatto sulla tua vita? Non più di una, da quattro in su.»

«Buona.»

«Numero due: che tipo di contatto fisico vorresti avere con lui al primo appuntamento? Nessuno, sfioramenti.»

«Nessuno.»

«Non devi rispondere, devi dirmi se le domande sono ok.»

«E una domandina sulla gelosia?»

«Eccola, ce l'ho: esci con un tuo vecchio amico, lui come reagisce? Ti fa una scenata di gelosia, gli è indifferente.»

«Ma poi le risposte portano da qualche parte?»

«Certo, al tuo uomo ideale. Avventuroso, intrigante e seduttore oppure stile impiegato del catasto, leale, fedele, un uomo su cui si può sempre contare.»

«*Belìn*, che serietà.»

In quel momento uscì dall'appartamento il vicino di Letizia trascinando un tappeto enorme.

«Ti dispiace se lo lascio qui fuori? Deve asciugarsi poi lo butto» le chiese ignorandomi completamente.

«Però poi fallo sparire, è orribile e gigante.»

«Certo ci mancherebbe» e si richiuse la porta alle spalle.

Ovviamente il tappeto rimase lì per mesi, finché io e Letizia esasperate non chiamammo l'AMSA e lo buttammo in strada, dopo averlo trascinato per tre piani di scale.

Il vicino non se ne accorse nemmeno.

Nove

I giorni che mi separavano dal viaggio a Parigi trascorsero in fretta.

Ristori aveva preteso e ottenuto che mi mettessero in una stanza adiacente alla sua. E mentre spostavo le mie quattro cose dalla vecchia postazione alla nuova, avevo notato un certo imbarazzo da parte di Lavinia e Costanza. Non sapevano che cosa aspettarsi da me e quindi non sapevano come comportarsi, mi guardavano con aria costernata e diffidente.

Una volta sistemata, decisi di eseguire il primo incarico che mi era stato affidato, il ritiro dei documenti dal signor Burns, il direttore generale. Quando bussai alla porta sentii una certa tensione, non ero mai stata da lui e non avevo idea di come mi avrebbe accolta.

«Avanti.»

Entrai titubante e lo vidi, per poco non scoppiai a ridergli in faccia.

L'ingegnere Pacifico Frizzante era seduto su una sedia enorme, in pelle, con dei braccioli dorati.

La sedia enorme lo faceva assomigliare al nano di *Twin Peaks*. Se avesse iniziato a parlarmi al contrario non mi sarei stupita.

«Mi dica, signora Strangotto.»

«Stregatti.»

«Come?»

«Stregatti, non Strangozzo.»

«Strangotto, ho detto Strangotto.»

«Sì, ma io sono Stregatti.»

«Come vuole lei, può venire al punto?»

«Mi servirebbero dei documenti» e glieli elencai.

«Mmm…» disse solo e poi tacque.

Lo guardai in attesa.

«Non pretenderà che li abbia qui pronti subito, vero?»

«No no, ci mancherebbe.»

«Allora torni dal nostro Galanti e gli dica che li avrà appena mi sarà possibile.»

«Grazie, dottor Frizzante.»

«Preferirei Pacifico.»

«Certo, grazie dottor Pacifico.»

Quando andai da Galanti a riferirgli la notizia, non la prese bene e mi rispedì immediatamente dal dottor Frizzante, pardon, Pacifico a sollecitare.

Insomma feci la spola almeno per due giorni finché non intervenne Sofia.

Ero andata da lei per chiederle consiglio, in fondo era stata per cinque anni la mia responsabile.

«Hai fatto bene a chiedermi aiuto. Conosco l'ingegnere.»

Non so come ci riuscì, e forse non volevo neanche scoprirlo, ma in neanche un'ora i documenti erano nelle mie mani e subito dopo in quelle di Galanti.

«Vedi?» disse soddisfatta poggiando i documenti sul mio tavolo. «Gioco di squadra!»

Nei giorni a seguire, la squadra perse via via compattezza. Davanti a lui Sofia navigava a vista e non sfoggiava più lo smalto di un tempo. Galanti o Ristori era decisamente un "turnaround", nel senso che faceva girare la testa a chi gli stava vicino. La mia, per esempio, da quando era arrivato non si era fermata un momento. Da acuta osservatrice quale mi consideravo, avevo messo a fuoco un po' di cose. Prima di tutto il lavoro che doveva portare a termine era molto più impegnativo di quanto noi pensassimo all'inizio e questo rese tutti più vulnerabili. Lo staff non era pronto, ma lui procedeva dritto senza esserne minimamente coinvolto o in qualche modo toccato. Sembrava di granito. Eppure a tratti, senza che lui lo volesse, il granito cedeva davanti a me, facendo emergere un lato quasi umano. Ma lo avevo notato solo io e la cosa mi confondeva.

Al terzo giorno dal suo insediamento mi aveva convocata nel suo ufficio.

«Lei sa perché mi hanno mandato a lavorare alla Pimpax?»

«Veramente no.»

«Sa perché stiamo per andare a Parigi?»

«Ci sono delle voci in merito.»

«Se dobbiamo lavorare insieme, credo sia importante che lei sappia la verità.»

C'cape gloriose cca tine, pensai. Beato chi ci credeva alla sua verità.

«Prego?»

L'avevo detto ad alta voce?

«Che Dio l'abbia in gloria.»

«È molto credente?»

«No, perché?»

Scosse la testa e proseguì: «L'azienda fa acqua da tutte le parti e io ho il compito di risanarla».

«E in che modo?»

«Licenziando.»

Di granito, appunto. Lo aveva detto senza manifestare nessun moto d'animo.

«O vendendo. O entrambe le cose. I cinesi vogliono acquistarla e se così fosse potrei contenere il danno.»

Ah, ecco i cinesi!

«Non dovrebbe più licenziare?»

«No, quello dovrei farlo ugualmente, ma il numero delle persone sarebbe limitato. Questo però mette lei in una posizione difficile.»

«E perché?»

«Perché sarà vista come quella che mi ha aiutato a farlo.»

Deglutii.

«Solo che io ci sono abituato, lei no. Per questo ho deciso di parlarle.»

Ecco il lato umano. Si stava preoccupando per me?

«All'inizio i suoi colleghi la corteggeranno per arrivare a me, poi la odieranno. L'ho visto accadere decine di volte.»

«Va bene. Quindi che cosa mi consiglia di fare?»

«Per prima cosa non si illuda. I colleghi sono sempre gli stessi e non si sono improvvisamente ricordati della sua esistenza.»

«La ringrazio per la precisazione.»

«Secondo,» proseguì impassibile «quando inizieranno a odiarla provi a pensare che non è davvero lei che odiano ma il ruolo che ricopre.»

«Questo dovrebbe aiutarmi?»

Lui mi guardò come fosse stupito della mia domanda. «Sì,» rispose «certo.»

«Ok.»

Distolsi lo sguardo, perché i suoi occhi mi spaventavano. Erano due pozzi neri.

«Può andare, ho finito.»

Mi alzai e mi diressi verso la porta.

«Ah, un'ultima cosa,» aggiunse «si ricordi sempre che è stata Sofia a metterla in questa posizione. Non lei.»

«Non mi fa sentire meglio.»

«Dovrebbe, invece.»

Quel breve colloquio aumentò i miei timori nei confronti di un uomo che non solo era un impostore ma che di mestiere andava in giro per l'Italia a licenziare persone.

Se anche fosse stato Ristori, era ben lontano dalla persona che volevo che fosse e dal conte, quello di Elisa di Rivombrosa. Eppure i suoi occhi nascondevano qualcosa di profondo, una complessità che non riuscivo a individuare.

Era un abitudinario e un lavoratore indefesso. Arrivava tutte le mattine alla stessa ora dopo avere corso, si chiudeva in ufficio e telefonava, poi iniziava i colloqui che potevano durare anche fino alle dieci di sera. Sofia, Tondelli, Lavinia, Costanza e tutti gli altri dipendenti che non avevo mai neanche visto, se non di sfuggita, sfilavano davanti ai miei occhi prima di entrare nel suo studio. Non risparmiava nessuno tranne il settore marketing, e quindi Maurizio, che al momento sembrava non essere tra le sue priorità. Ma secondo Maurizio era una questione di giorni. Persino l'ingegnere Pacifico era uscito da quella stanza visibilmente scosso. A me si stringeva il cuore nel vederli così. Tondelli aveva una famiglia da mantenere, Sofia era una donna di una certa età che non avrebbe trovato facilmente un altro lavoro, Maurizio era l'unico amico che avevo lì dentro e il solo che effettivamente non avesse cambiato atteggiamento nei miei confronti. Perché Galanti purtroppo aveva ragione, mi trattavano in modo diverso ora. Eravamo entrati nella fase uno, quella in cui mi corteggiavano per arrivare a lui. Ero rispettata finalmente, ma non per i miei meriti o le mie qualità. Quando entravo in una stanza anche solo a fare delle fotocopie, le persone smettevano all'istante di parlare. Poi dal nulla mi sorridevano e quasi litigavano per offrirmi il caffè. L'atteggiamento di Sofia era quello che più mi colpiva. Lei aveva sempre pensato che fossi un'imbecille e sentirla rivolgersi a me in quel modo mi faceva più male che bene. Cercava di adularmi ma non le riusciva un granché. Ogni mattina insisteva per portarmi fuori a fare colazione e un giorno mi aveva pure domandato notizie su di me, sulla mia famiglia e su Matthew Broderick, il mio pesce rosso.

Anche Tondelli si faceva vedere ogni tanto. Arrivava alla mia scrivania tutto affannato, mi mostrava i fogli Excel che aveva compilato, come a voler chiedere la mia approvazione, poi bussava da Galanti ed entrava.

Lavinia e Costanza mi avevano addirittura comprato una piantina.

«Starà benissimo nel tuo nuovo ufficio.»

Che cosa credevano? Per Galanti erano l'ultimo ingranaggio di una macchina che senza di loro avrebbe continuato a funzionare benissimo, come la sottoscritta. Lui aveva altro per la testa, quadri, dirigenti, non certo impiegate. E come potevano pensare che io avessi un qualche potere sulle decisioni che avrebbe preso? Non le conoscevo neanche.

Quello era un uomo con delle ombre. Delle ombre che mi attiravano e respingevano al tempo stesso e che non ero sicura di voler conoscere fino in fondo. O forse sì?

Dieci

Ero seduta sulla poltrona dell'aereo.

Avevo trascorso quasi tutta la notte a fare la valigia e alla fine nell'incertezza mi ero portata tutto, dal cappotto al piumino, dalle gonne lunghe ai pantaloni, e quando Galanti mi aveva visto arrivare a Linate con un trolley grande quanto il mio bilocale aveva sgranato gli occhi.

«Lei sa come viaggiare leggera» esordì senza neanche salutarmi. «Stregatti, stiamo via solo una notte o lei ha altri programmi?»

«Altri programmi?»

«Questo è il suo bagaglio a mano?»

«A mano? Come può essere un bagaglio a mano? È pesantissimo.»

Alzò gli occhi al cielo. «L'accompagno a fare il check-in».

E così avevo dovuto imbarcare il bagaglio.

Ora sedeva accanto a me senza più stampelle perché il giorno dopo il suo insediamento si era tolto il tutore e da quel momento non avevo avuto più pace. Ogni occasione era buona per controllare se avesse o meno il famoso tatuaggio. Quando mi sedevo di fronte a lui facevo cadere qualcosa di proposito e mi risollevavo con una lentezza da bradipo per vedere se riuscivo a intercettare qualcosa.

«Stregatti, ha perso una lente?»

«No no, non le porto.»

«Lo sospettavo.»

Oppure quando passava davanti alla mia scrivania e mi dava le spalle fermandosi a parlare con qualcuno, mi sporgevo sulla sedia per sbirciare sotto i suoi calzini. Al terzo tentativo mi ero ribaltata a terra con tutta la sedia.

Ora che mi era seduto accanto dovevo agire in fretta prima del decollo.

Mi chinai verso la borsa che avevo ai piedi e mentre con una mano fingevo di cercare qualcosa, con l'altra provai a sollevargli l'orlo dei pantaloni.

«Tutto bene lì sotto? Comoda?»

«Comodissima. È una tecnica per allontanare la paura.»

«Non dovrebbe stare seduta eretta e controllare il respiro?»

«Quello è un metodo superato.»

Mi sollevai sconsolata e allacciai la cintura di sicurezza, anche perché in quel momento il vero problema era un altro, il decollo. L'aereo non sarebbe mai partito, inutile tergiversare. Anzi, perché stavano tardando? Che aspettavano ad annunciare che a Parigi avevano preso la Bastiglia?

«Chi ha preso la Bastiglia?»

Come al solito avevo pensato a voce alta.

«Hanno preso la Bastiglia?»

«Non lo so. Lo ha appena detto lei.»

«No no, avrà capito male. Ma qui non passano con le cose da bere?»

Mi sporsi per farmi notare da una hostess che stava cercando di fare entrare una valigia gigante in una cappelliera.

«Senta? Scusi?»

«Prego?»

«Potrei avere che so... un Bloody Mary?»

La hostess sgranò gli occhi, Ristori le sorrise come un padre avrebbe sorriso di fronte alla marachella del figlio.

«Sono le sette del mattino, Stregatti.»

«Sì lo so, allora? Questo aereo non decollerà mai, si metta l'anima in pace» e mi risedetti.

«Ma perché non dovrebbe?»

«Perché ci sono io qui sopra!»

«Dovrei capire?»

«No, certo che no, mi scusi. È che io… io avevo una lista dei desideri, ha presente?»

«No.»

«Ah. Beh, comunque, tra questi c'era girare il mondo, solo che quando l'ho mostrata a mia nonna a lei è venuto un ictus!»

«Per la lista?»

«Certo! E ogni volta che ho provato a realizzarne uno, come quello di girare il mondo, è successo qualcosa di orribile. Sono crollate le torri, è arrivato lo tsunami. Ora è più chiaro?»

«Mmm… Devo farmi un'idea più precisa prima di poterle dare ragione.»

«Ma le interessa davvero?»

«Veramente no, ma almeno non si attacca al Bloody Mary. E gli altri?»

«Gli altri che?»

«Desideri.»

«Avevo sedici anni, non me li posso ricordare tutti.»

«Per sommi capi.»

«Sì, dunque: innamorarmi, trovare l'uomo giusto, sposarmi, non tradire mai gli amici, vivere la vita con serenità, avere tre figli, girare il mondo, diventare la direttrice di un giornale, trascorrere almeno un fine settimana in un albergo lussuoso, commettere una pazzia l'anno, comprarmi casa con una terrazza enorme, avere una cabina armadio; imparare a piacermi, avere il coraggio di essere me stessa e la pace nel mondo. Ecco.»

Galanti mi guardava impietrito con quei suoi occhi verdi e bellissimi, anche se erano coperti dalle lenti a contatto scure. Per fortuna avevo omesso il restyling delle tette.

«Sono andata a caso, in ordine sparso» mi affrettai ad aggiungere.

«Ovviamente. Era un progetto ambizioso.»

«Già» mi incupii.

«Quanti ne ha realizzati?»

«Neanche uno.»

«Ma la pace nel mondo…»

«Lasciamo perdere.»

«Lei ha paura, Stregatti, e l'ictus le ha fornito un alibi di ferro.»

«Siete tutti fissati con questi alibi…»

«Comunque non sono fatti miei.»

Ci interruppe la hostess che era tornata trionfante.

«Le ho portato una cosa.»

«Il Bloody Mary?» le chiesi illuminandomi.

«Delle riviste.»

«Le lasci a me, grazie» intervenne Galanti. «La signorina è un po' scossa.»

Mi distrassi per un momento a guardare fuori dal finestrino il cielo di Milano.

Quando mi voltai verso di lui avrei voluto sprofondare.

«Questi test sono vergognosi.»

«Che test?»

«*Sei una vaginale o una clitoridea? Dieci utili consigli per imparare a scoprirlo insieme al tuo partner.*»

«Beh, può servire. Di quando in quando.»

«Dovrebbero essere vietati dalla legge. Che razza di rivista è?»

«Girl Power» risposi senza pensare.

Si girò di scatto verso di me, sorpreso.

«Ho solo tirato a indovinare.»

«È anche firmato, Theresa Page. Theresa Page?»

Cercavo di mimetizzarmi con la poltrona, senza riuscirci. Che razza di nome mi ero data? Al momento mi era sembrato così adatto.

«Guardi, stiamo decollando» mi disse all'improvviso.

«Davvero?»

«Già.»

Chiusi gli occhi e sorrisi, non potevo crederci. Nonna cara, stavo andando a Parigi!

Mi ricordai del test, dovevo distrarlo. Tossii e attaccai.

«Scusi, posso parlarle apertamente?»

«Sembra una cosa seria.»

E ora che potevo inventarmi?

«Lo è, in effetti. Dunque. È contento di me? Voglio dire, sa bene che non ho mai fatto la segretaria.»

«Molto.»

«È sicuro?» sobbalzai sorpresa.

«Stregatti, lei si sottovaluta. Parla quattro lingue!»

«Cinque.»

«Cinque?»

«Sì, ho iniziato questo corso di arabo-persiano, magari mi viene voglia di diventare una terrorista, come dice Maurizio.»

«Sono scioccato.»

«Ma io non potrei mai!»

«Non potrebbe mai cosa?»

«Fare la terrorista!»

«Mi toglie un peso, in effetti. Comunque, la ragione per cui è stata messa a fare la segretaria non ha nulla a che fare con le sue potenzialità.»

«Ah, ecco.»

In verità non avevo capito niente, ma lui stava sorridendo e io mi sentii mancare.

«In più,» si affrettò ad aggiungere «se non sbaglio una delle quattro, pardon, cinque lingue che lei parla è proprio il cinese.»

«Sì, ma non sarei in grado di fare da interprete» mi affrettai a puntualizzare.

«Non servirà, parleremo in inglese, però sono sicuro che possa tornare utile. Lo apprezzeranno.»

Chiuse gli occhi e appoggiò la testa al sedile, sembrava stanco.

«Sofia mi ha fatto un grande favore mettendola a lavorare per me.»

Il mio conte Ristori pensava che fossi in gamba, a questo proprio non ero preparata.

«Aveva ragione, sa?» aggiunsi.

«Io ho sempre ragione, purtroppo» continuava a tenere gli occhi chiusi.

«Le persone in ufficio si comportano in modo diverso con me.»

Si voltò di scatto. «Le hanno fatto qualcosa?»

«No no, ci sono abituata, la gente mi ha sempre evitata, ecco. Solo che ora è diverso.»

Quante volte avevo sognato che le mie colleghe condividessero con me i loro pensieri e, perché no, anche le loro pappette ai ceci? Invece non era mai successo e se fino a qualche giorno prima mi evitavano perché non mi comprendevano, ora mi cercavano perché mi temevano, sempre senza comprendermi.

«Non si preoccupi, passerà. Appena me ne sarò andato tutto tornerà come prima. Ora se non c'è altro continuerei a leggere Theresa Page. Sono davvero curioso di scoprire se sono vaginale o clitorideo.»

«Se insiste.»

Non avevo più argomenti e mi rassegnai a guardare fuori.

Certo un Bloody Mary la hostess avrebbe anche potuto portarmelo.

Non riuscivo ancora a capire se l'uomo che mi stava seduto accanto fosse un mostro di freddezza o un impostore. O nella peggiore delle ipotesi entrambe le cose.

Per cercare di distrarmi ripensai al fine settimana, mi ero divertita molto.

Soprattutto perché adoravo le feste in maschera, contrariamente ai miei amici. Ero figlia degli anni '80 e se anche mi avessero invitata a giocare a campana avrei aderito con entusiasmo, anche perché all'epoca non lo faceva nessuno.

Sabato mattina eravamo andate alla ricerca di un vestito alla "grande Gatsby", tutto quello che eravamo riuscite a trovare erano state delle perle finte dai cinesi e un paio di piume.

Nel pomeriggio, Letizia mi aveva montato il mobiletto Ikea mentre Federico dormiva sul divano. Letizia era bravissima in tutte le cose pratiche, mi aveva installato la televisione, il DVD e il computer e quando mi si fulminava una lampadina ci pensava lei a cambiarla.

«I pantaloni che ho comprato sono fantastici» diceva mentre avvitava i bulloni. «Sono perfetti, nascondono tutto quello che è carente e fanno vedere soltanto ciò che è abbondante.»

«Perché non fanno anche dei reggiseni così?»

«Mi passi il cacciavite a stella?»

«A stella? Non gridare che Federico dorme. Io invece non sono affatto convinta delle scarpe, forse mi stavano meglio gli stivali. Con le décolleté non mi trovo, ho il polpaccione.»

«Ma se ti calzano a pennello, ti fanno due caviglie e due polpacci degni del migliore centravanti brasiliano. Questo cacciavite?»

«Starvi ad ascoltare mi toglie anni di vita» intervenne Federico.

«Non dormivi?»

«Lo avrei fatto se voi non vi foste messe a parlare di shopping. Guarda, Letizia, che così è tutto storto.»

«*Belìn*, allora montalo tu.»

«Ma no, stai andando benissimo, era un suggerimento.»

Verso sera ci presentammo al piano di sopra dai ragazzi allegria, ma io avevo un solo pensiero in testa, anzi due, Parigi e le scarpe terribili che mi aveva fatto comprare Letizia. Con i polpacci che mi ritrovavo ero più vicina ad Antonio Cassano che a una donna.

Undici

Ero nella mia camera d'albergo stremata. Dal nostro arrivo non ci eravamo fermati un momento ma Parigi l'avevo vista solo dal finestrino del taxi. Appena atterrati eravamo stati costretti ad aspettare per più di un'ora il mio bagaglio mentre l'odore dei croissant e delle baguette appena sfornate riempiva tutto l'aeroporto Charles De Gaulle. Morivo di fame ma non avevo il coraggio di dirlo.

«Sa che lo Shangri-La è un albergo molto lussuoso?» disse Ristori una volta in auto.

«Ah sì? Ha fatto tutto l'agenzia.»

Mi guardò e sorrise.

«Credo che lei stia per realizzare uno dei suoi desideri.»

«Come?»

«Se ne accorgerà presto.»

Quando arrivammo per poco non mi successe quello che era accaduto al povero zio Carmelo, davanti all'ingresso dell'albergo rimasi a bocca aperta e non riuscii più a chiuderla.

«Che cosa le dicevo?»

Alla reception ci diedero le chiavi delle nostre stanze e io ancora ero senza parole.

Una scala con stucchi dorati partiva dall'atrio per salire a spirale verso il paradiso o semplicemente verso i piani superiori, la mia bocca continuava a rimanere aperta.

«Così le verrà il mal di gola, lo sa?» mi disse in ascensore.

Si fermò davanti alla mia stanza.

«Eccoci arrivati, io sono due porte più avanti. A che ora abbiamo il meeting?»

«Dalle undici alle tredici nel salone Rolando Bonaparte. Poi ho prenotato un tavolo a L'Abeille, il ristorante francese che c'è qui. Alle quindici riprende il meeting, fino alle diciotto.»

«Bene, allora passo tra mezz'ora».

Trascinai la valigia all'interno e chiusi la porta. Quello che vidi mi lasciò senza fiato, la finestra della stanza affacciava sulla Tour Eiffel, corsi a spalancarla e allungai il braccio, perché sembrava quasi di poterla toccare.

Poi mi diressi in bagno e mi commossi, la vasca era grande quanto il mio monolocale. Feci scorrere l'acqua tutta eccitata mentre tiravo fuori dalla valigia le scarpe che avevo comprato con Letizia e l'intero guardaroba.

Chiamai Bianca, che era appena rientrata da New York. Lei avrebbe approvato la scelta di portare tutti quei vestiti, diceva sempre che una vera donna non poteva permettersi di fare meno di quattro cambi d'abito al giorno, come Grace Kelly in *La finestra sul cortile*.

«Lo Shangri-La è volgarissimo, pacchiano, ci vanno i russi!» mi disse, invece. «La vera Parigi è un'altra cosa» e iniziò a farmi l'elenco di quello che secondo lei avrei dovuto vedere.

«Bianca, ho solo la serata a mia disposizione.»

«E che cosa ci sei andata a fare?»

«Non lo so, in effetti.»

«Vai al Museo Pompidou. Ci sono dei pompieri così gentili.»

«Pompieri?»

«Sai che soffro di vertigini e l'unico modo di accedere all'ultimo piano sono quelle terribili scale. Allora tutte le volte che vado mi faccio accompagnare da loro con l'ascensore privato.»

«Ci penserò su. Come è andata l'asta? Il maestro Lautzer?»

«Un uomo meraviglioso, mi ha invitato a trascorrere l'estate a Tangeri, quando finisce la stagione dei concerti. Ho un unico problema ora.»

«Portarti a Tangeri mezzo guardaroba?»

«Non fare la sciocca. Erano giorni che cercavo il mio analista e lui si faceva negare.»

«Assurdo.»

«Infatti. Alla fine ieri sai chi mi chiama?»

«Chi?»

«La madre.»

«La madre del tuo analista ti ha chiamata?»

«Dice che sta male, che non può più ricevere pazienti.»

«Un incidente?»

«Macché. Ha avuto un crollo nervoso gravissimo.»

«Lo psicanalista?»

«Non essere polemica come al solito, è un uomo anche lui.»

Parlammo ancora un po' della natura umana degli psicanalisti, poi feci il bagno e mi preparai all'incontro.

Galanti bussò alla mia porta trenta minuti dopo.

«È molto elegante, Stregatti.»

«G… grazie, anche lei.»

E bellissimo, avrei voluto aggiungere.

L'incontro con i cinesi era andato bene. Dong, Qiang, Cheng e Bo erano i nomi degli avvocati della multinazionale cinese a cui Galanti voleva vendere l'azienda. Non potevo ancora credere a quello che stava succedendo, in fondo ero affezionata ai miei colleghi e se davvero lui aveva il compito di licenziarne almeno una parte la cosa non mi piaceva affatto. Nella sala Rolando Bonaparte, dove si era svolto il meeting, la situazione sembrava molto tesa.

Poi avevo rovesciato a terra il vaso di fiori poggiato su una delle mensole del foyer e sulla mia camicia bianca la caraffa di succo di frutta. A quel punto l'aria si era distesa e con la camicia maculata avevo iniziato a prendere appunti e a tradurre, anche se la maggior parte della conversazione in realtà avveniva in inglese. Non fosse stato per Bo, che non smetteva un attimo di guardarmi con quei suoi occhietti piccoli e sottili, mi sarei anche rilassata. Non riuscivo a capire se ce l'avesse con la mia camicia o con me in generale. Allora gli sorridevo imbarazzata e lui inchinava la testa. Avveniva circa ogni due minuti, che nell'arco di una intera mattinata rappresentava un numero impressionante di volte. A pranzo capitammo vicini, non credo casualmente. Bo si era fissato con una delle mie ginocchia. Non posso dire mi stesse palpeggiando, perché non era così, piuttosto mi faceva dei solletichini sotto il tavolo, io mi giravo verso di lui e lui inchinava la testa. A un certo punto per sfinimento mi ero messa ad annuire anch'io, e a bere.

Ristori tossì per attirare la mia attenzione e quando ci riuscì mi fece segno di smettere di bere. Io ci provai ma non appena Bo riattaccò con il solletico al ginocchio e i cenni del capo ricominciai, alternando i flûte alle tartine. Il menu del L'Abeille era tipico francese, nella disperazione ordinai degli scampi reali ricoperti con un velo di gelatina aromatizzata alla cannella, il salmone selvaggio servito a metà cottura con crema al limone e nocciole caramellate e una specie di millefoglie al cioccolato con una glassa di cioccolato bianco. Serviti con decorazioni arabescate, i piatti arrivavano praticamente vuoti. Gli scampi erano due, il salmone era grande quanto una nocciola. Bo si accorse della mia perplessità e mi chiese se non gradivo il pranzo.

«*Hǎo, hǎo! Xièxiè*» gli risposi, mentendo. «*Very good, thank you*» aggiunsi rivolta agli altri.

«*When are we going to lunch?*» mi sfuggì.

Dong fu il primo a scoppiare a ridere. Mi chiese di quale città fossi e io iniziai a parlare della Puglia e di Bari. Provai a descrivere alcuni piatti tipici, un po' in inglese e un po' in cinese. Dong era il più appassionato e si fece dare anche alcune ricette, quella della *tegghie*, patate riso e cozze preparate nella teglia, e la parmigiana di melanzane. Quando arrivò il momento di tornare nella sala riunioni, Ristori si avvicinò e mi sussurrò all'orecchio: «Ottimo lavoro».

Mi irrigidii, mi mancava il respiro e mi girava la testa.

«Una volta deve fare assaggiare anche a me queste prelibatezze.»

«V... volentieri.»

«Ah, un'altra cosa.»

«Sì?»

«Lei è un'alcolizzata, lo sa?» disse strizzandomi l'occhio.

Per fortuna arrivò Bo e tutti insieme tornammo in sala riunioni. In effetti avevo bevuto un po' troppo perché le parole che scrivevo sul mio quaderno avevano una forma strana ed erano sfocate. Dopo poco più di due ore l'incontro era terminato. Ci furono i saluti e Bo mi venne incontro, mi prese la mano e si inchinò fino a baciarla. Era così basso che la sua testa mi arrivava alla pancia. Farfugliò che era stato un piacere conoscermi e io lo ringraziai.

«Mrs. Stlegatta, *wǒ hěn gāoxìng rènshi nín*» mi disse.

«*Xièxie*, Mr. Bo»

A quel punto, io e Ristori rimanemmo soli.

«Una giornata difficile» disse quasi sussurrando.

«Perché?»

«Non li ho visti convinti.»

«Sta scherzando? Dong era il meno deciso, ma Qiang e Cheng hanno capitolato quasi subito. Accetteranno tutte le condizioni, li ho visti anche scrivere accanto ai punti sei e sette, che da quello che ho potuto capire sono i più cruciali, un chiarissimo segno di spunta. Solo una piccola indecisione sugli ultimi.»

Ristori mi guardava esterrefatto, arrossii abbassando la testa.

«Gliel'ho detto che memorizzo tutto, ricordo qualsiasi cosa mi passa sotto gli occhi. È una condanna. Per non parlare degli anni trascorsi chiusa nell'armadio di mia nonna, non ha idea delle cose che si possono imparare sulle persone.»

«Mi faccia capire bene, la chiudevano negli armadi?»

«No, certo che no, ci andavo da sola.»

«L'ho sottovalutata, Stregatti, lei è pericolosa.»

Non sapevo dove guardare e restammo in silenzio per un po'.

«Ha impegni per la serata?» mi chiese a bruciapelo.

Mi stava invitando? Non potevo crederci.

«No no, liberissima» e scattai sull'attenti come un soldatino.

«Ottimo, allora si riposi che domani avremo un'altra giornata molto intensa, io farò altrettanto. Buona notte.»

«Ah, sì certo. Buona notte.»

Che imbecille ero stata, credevo veramente mi avrebbe invitata a uscire?

Ero a Parigi, chiusa in una lussuosissima camera d'albergo e sola. Dopo anni avevo realizzato uno dei miei tanti desideri, anzi due, albergo di lusso e Parigi. Eppure ero inquieta.

Chiamai nonna.

«Stupida, stupida e stupida!»

«Eh, *ci te vole bbéne, apprisse te véne.*»

«Ottimo. Se come dici chi mi vuole bene mi dovrebbe seguire, il fatto che io sia sola significa che non mi vuole bene nessuno. E meno male che qui mi aspettavano due uomini, anzi tre!»

«*Chiane chiane, belle belle, tutto s'avvera.*»

«Ma non fa rima»

«*Va' a durme, figghia bella.*»

Riattaccai sconsolata e mi buttai sul letto. Ero in un albergo strepitoso, checché ne dicesse Bianca, e se proprio non avevo il coraggio di uscire potevo almeno perlustrarlo.

Salii in terrazzo, si godeva una vista mozzafiato e mi sedetti su una sdraio nel buio a godermi la Tour Eiffel illuminata e i tetti di Parigi. Doveva essere una città favolosa e molto romantica. A un certo punto mi sembrò di sentire qualcuno parlare al telefono, la voce era familiare, Galanti?

«Ci ha creduto, non ti preoccupare.» Era arrabbiato. «Quante volte te lo devo dire? E se così non fosse sono perfettamente in grado di gestire la faccenda».

Volevo sentire meglio e mi alzai dalla sdraio. Lo feci con troppa energia, quella si sbilanciò e ricadde a terra con un colpo secco. Rimasi immobile per una frazione di secondo finché non vidi un uomo prendere forma dal buio.

Galanti, appunto.

«Devo riattaccare,» poi rivolto a me «si sta godendo anche lei la vista?»

«Non avevo capito fosse lei al telefono, non volevo disturbarla.»

«Nessun disturbo, una telefonata poco importante.»

A me non sembrava.

«Non ha freddo?»

«Un pochino, in effetti.»

Ero salita senza cappotto perché non credevo mi sarei trattenuta molto.

Si tolse la giacca e me la poggiò sulle spalle, poi si distese sulla sdraio accanto alla mia.

Avevo il cuore in gola. Il resto scomparve, quell'uomo poteva essere chiunque, Alberto Ristori, Riccardo Galanti o uno sterminatore di aziende, a me non importava perché quando ero con lui il mondo sembrava assumere un altro colore.

«È felice di essere qui?»

«Non mi sembra vero. Per una che non è mai uscita dall'Italia è un bel passo avanti.»

«Già, credo anche io.»

Mi guardava così intensamente che iniziai a parlare senza sosta.

Gli raccontai di Bari, di mia nonna, di Ferdinando e Modestina, avevo paura di rimanere a corto di parole e quindi lo sommersi.

«Quindi lei sapeva le storie di tutto il vicinato?»

«Non solo, riuscivo a capire prima di nonna e della risposta delle carte quello che il visitatore di turno stava pensando.»

«E se adesso le facessi vedere un documento in quanto tempo riuscirebbe a memorizzarlo?»

«Dipende dalla lunghezza.»

«Sarebbe un perfetto agente segreto, Stregatti.»

«Mi basterebbe poter fare la giornalista.»

Gli confessai che non ero molto a mio agio in questo mondo e che se fosse dipeso da me sarei tornata a vivere negli anni '80, dove tutto era più tranquillo, dove non c'era questa smania di apparire sempre e ovunque, anche sui social, forse perché non c'erano i social. Il fatto che bisognasse essere sempre connessi mi generava ansia.

«Insomma se uno vuole scomparire anche solo per un pochino non può farlo, si rende conto?»

Gliel'avevo detto per scucirgli qualcosa, ma lui rimase impassibile.

Alla fine aggiunse: «Però tornare agli anni '80 mi sembra troppo! Non ce la vedo dietro la scrivania con le spalline imbottite e i fuseaux a pois».

«Che poi era esattamente come mi vestiva mia nonna.»

«Un'infanzia difficile.»

«Difficilissima.»

E scoppiammo entrambi a ridere.

«Sua nonna riesce davvero a leggere il futuro? A queste cose non ho mai creduto.»

«È bravissima, aveva detto a Modestina che si sarebbe fidanzata con il bullo della scuola con cui aveva fatto a botte.»

«La sua amica si è fidanzata con il ragazzo che l'aveva picchiata?»

«No, Modestina ha picchiato Benedetto.»

«Ah» pausa. «E lei racconta tutto a sua nonna?»

«Sì sì, tutto.»

«Quindi le ha parlato anche di me? Del suo nuovo lavoro?»

Era sdraiato su un lato con il gomito piegato e la testa appoggiata alla mano e mi guardava, con la sua aria malinconica. Non era un mostro come voleva fare credere a tutti, vedevo che c'era dell'altro. E forse dopo tutto non era neanche Ristori, la sera dell'incidente era molto buio, mi ero fatta male al polpaccio e potevo essermi sbagliata. Qui il mostro ero io che flirtavo con un uomo che stava per licenziare mezza azienda. Anche se, trattandosi di me, flirtare non era il termine esatto. Ma non era una giustificazione.

«No, non ancora» mentii.

«Bene,» disse «purtroppo devo andare» e si alzò. Avevo fatto qualcosa di sbagliato? Si era offeso perché non avevo parlato di lui a mia nonna? Troppo tardi, era già in piedi pronto ad andarsene.

«Ordino la cena in camera e mi metto al lavoro. Lei si goda la città e visto che sua nonna è così brava spero che lei continui a non parlarle di me.» Sì, si era decisamente offeso. In quel momento non mi sfiorò nemmeno il pensiero che potesse avere delle altre ragioni per non volere che parlassi di lui a nonna.

«Sì, bene» scattai in piedi e gli restituii la giacca.

Restammo per qualche secondo in silenzio, uno di fronte all'altra, poi distolse lo sguardo e se ne andò. Rimasi a riflettere, avevo parlato solo io, di lui non avevo saputo nulla. Quando lo avevo sorpreso al telefono, con chi e di cosa stava parlando? Che cosa aveva rischiato? La vita? Tornai in stanza senza smettere di pensare a tutto quello che era successo fino a quel momento. Una cosa era certa, io gli avevo raccontato la storia della mia vita e lui non mi aveva detto niente.

Dodici

Ero distesa sul letto da mezz'ora indecisa sul da farsi quando sentii bussare alla porta.

Oddio, era Galanti? Aveva cambiato idea? Voleva cenare con me, in stanza?

Saltai giù dal letto tutta agitata, mi sistemai i capelli e lisciai il vestito.

Bussarono di nuovo.

«Chi è?»

«Mrs. Stlegatto?»

Non poteva essere.

«Bo, Mrs. Stlegatto.»

Altro che Galanti, e adesso? Che cosa potevo fare? Ci mancava anche il cinese innamorato. «Mrs. Stlegatto?»

Poteva trattarsi di un problema di lavoro, mi avvicinai alla porta e decisi di aprire. La tenni semichiusa e mi affacciai.

Bo faceva capolino, con quella sua testa piccolina.

«*Wǎnshang hǎo*, Mrs. Stlegatto.»

«Buona sera anche a lei, Mr. Bo.»

Mi chiese se avevo impegni per la serata e io fui costretta a rispondere che sì, certo. Ero impegnatissima, anzi stavo proprio uscendo. Indietreggiai, afferrai la borsa e la giacca e uscii tirandomi dietro la porta.

«*Nánguò*, Mr. Bo. Mi dispiace.»

Bo si incupì. «*Zàijiàn*» mi disse inchinandosi.

«*Zàijiàn*, arrivederci anche a lei» e mi lanciai verso l'ascensore.

Con la coda dell'occhio feci in tempo a vedere Ristori che usciva dalla sua stanza e imboccava le scale, ma come? Non doveva restare chiuso in stanza a lavorare?

Mentre l'ascensore scendeva al piano terra non pensai più a cosa avrei potuto fare a Parigi da sola perché ora sapevo esattamente come avrei trascorso la serata. Non mi ero affatto sbagliata su di lui, altro che male al polpaccio e serata buia.

Uscii dall'ascensore e mi nascosi dietro a una delle colonne dell'atrio. Aspettai per qualche secondo ma non lo vidi, eppure doveva apparire prima o poi, anche le scale sbucavano in quel punto. Feci capolino e mi trovai di fronte Bo.

«Mrs. Stlegatto!»

Oddio, era una persecuzione. Lo ignorai e chiesi al ragazzo dietro al bancone se per caso ci fossero altre uscite, oltre a quella principale. Mi rispose che sì, c'era quella del parcheggio.

Mi lanciai verso le scale inseguita da Bo che continuava a gridare il mio nome.

Scesi non so quante rampe e quando arrivai nel parcheggio avevo il fiatone, dovevo farla finita con il calzone di cipolla della nonna.

Diedi una rapida occhiata in giro cercando di rimanere nascosta. Mi sentivo Jack Bauer, anzi Sydney Bristow, più femminile. Lo vidi, stava imboccando a piedi la rampa di uscita delle macchine. Se non aveva nulla da nascondere perché non aveva usato la porta principale? Avevo ragione io, quell'uomo nascondeva qualcosa.

Dopo qualche isolato prese un taxi, io m'infilai in quello successivo.

«Segua quella macchina!» era una vita intera che sognavo di dirlo.

«*Excuse-moi?*»

«Ah, già. *Suivez cette voiture.*»

«*Vraiment?*»

«*Oui, oui.*»

«*Fantastique.*»

Si lanciò a tutta velocità dietro il taxi di Galanti e io sbattei indietro sul sedile posteriore. Guidava come se avesse avuto tra le mani un'auto da corsa e io continuavo a sbatacchiare a destra e a sinistra.

«*S'il vous plaît, ralentissez.*»

«*Nous perdons.*»

«Macché lo perdiamo! Lo superiamo se mai! Non dobbiamo mica tornare indietro nel tempo!»

Ma quello non mi ascoltava. Mi rassegnai all'idea di essere nelle sue mani, nel panico chiamai Federico.

«Che dici, Stregatti? Non sento niente, spero di aver capito male. Stai pedinando Alberto Ristori?»

«Certo.»

«Ma se quello non è neanche Alberto Ristori! Torna subito in albergo, sali sulla Tour Eiffel, vai a mangiare la mousse al cioccolato ma ti prego interrompi immediatamente l'inseguimento.»

«Non posso.»

«E perché? Hai una pistola puntata alla tempia?»

«Aiuto...» gridai per un ennesimo testacoda del taxi che fece sbalzare a terra il cellulare.

Ma dove stavamo andando? Eravamo usciti dal centro e stavamo viaggiando in aperta campagna, il taxi di Ristori era poco più avanti e persino Ayrton Senna si era placato. Riuscii a leggere un cartello: D908 NEUILLY-SUR-SEINE.

Cercai velocemente sul cellulare, era un quartiere residenziale alla periferia di Parigi in cui avevano vissuto tra i tanti Baudelaire,

Duchamp, Depardieu, Anaïs Nin e persino Vittorio De Sica. Potevo stare tranquilla.

Quando svoltammo in una traversa all'autista squillò il telefono, iniziò a litigare concitatamente con qualcuno all'altro capo e per quanto conoscessi il francese non riuscii a comprendere molto di quello che si stavano dicendo.

Iniziavo a essere inquieta, non c'era nulla intorno a noi, forse avrei dovuto dare retta a Federico e andare a mangiarmi una mousse in cima alla Tour Eiffel. Che ci facevo lì? A un certo punto imboccammo una strada con delle case, vidi il taxi di Ristori fermarsi davanti a un edificio, lui scese.

Picchiai sulla spalla dell'autista che ancora litigava al telefono, mi fece pagare ma non mi diede il tempo di chiedergli di aspettarmi.

«*Merci*» mi disse e subito dopo sgommò via. Ora sì che ero nei guai.

Mi incamminai a passi incerti, non c'era niente lì intorno tranne villette residenziali. Passai davanti all'insegna di un pub, The Snug, che fosse entrato lì dentro? Cosa dovevo fare? Entrare anche io? Andarmene?

Mentre mi stavo arrovellando sul da farsi la porta del pub si spalancò e uscì Ristori accompagnato da un altro uomo. Mi abbassai di scatto nascondendomi dietro a una macchina e sentii le ginocchia scricchiolare. Dovevo iscrivermi in palestra prima che fosse troppo tardi.

Cercai di sbirciare attraverso i finestrini, Ristori era in piedi davanti a un uomo di cui riuscivo a vedere solo gli occhi, il resto era nell'ombra. Parlavano in modo concitato, ma ero troppo lontana per sentire che cosa si dicevano.

Poi l'uomo allungò una mano e gli passò una busta che Ristori prese, piegò e si infilò nella tasca del cappotto. La paura aveva preso il posto dell'adrenalina. Ma che accidenti mi ero messa in testa? Dopo qualche minuto iniziarono a farmi male le gambe. Presi il cellulare, tolsi il flash e provai a scattare delle foto, niente, veniva tutto scuro e sfocato. Dovevo avvicinarmi. Mi appoggiai con una mano allo specchietto della macchina e con l'altra a una bicicletta addossata al muro che si schiantò a terra con un rumore assordante.

«*Le muert' de mammet'!*» gridai.

Mi abbassai più che potei dietro la macchina.

«*Qui est là?*» sentii chiedere dall'uomo del mistero.

E adesso? Che cosa potevo fare? Mi guardai intorno, alle mie spalle c'era un vicolo, se fossi rimasta acquattata sarei potuta sgusciare via da lì. Guardai per l'ultima volta verso di loro e mi si fermò il cuore.

L'uomo misterioso stava venendo nella mia direzione con qualcosa di luccicante in mano.

Una pistola? No, non poteva essere, avevo visto male, era la mia immaginazione.

Si stava avvicinando troppo, presi la decisione in un secondo, acquattata con il sedere basso e piegata sulle ginocchia mi precipitai verso il vicolo.

Anche se forse "precipitare" non era il termine adatto. All'unica lezione di aerobica a cui avevo partecipato con Letizia, l'istruttore ci aveva così illustrato il movimento che stavo cercando di riprodurre: «*La corretta esecuzione dello squat richiede una grossa sinergia tra numerosi gruppi muscolari. Questo esercizio richiede inoltre una buona mobilità articolare, spesso del tutto inadeguata nelle persone sedentarie o decondizionate*». Appunto, io di sinergico non avevo proprio niente, ero decondizionata, quello sì. Non ero una bella immagine da guardare, ammesso che qualcuno mi stesse guardando, e a questa eventualità non volevo proprio pensare. Senza voltarmi guadagnai l'ingresso nel vicolo e una volta lì recuperai la posizione eretta. Nonostante lo scricchiolio alle ginocchia cominciai a correre. Mi avevano vista? Mi stavano inseguendo?

Una volta a casa sarei andata da un ortopedico, ero certa mi si fossero rotte le giunture. Sbucai fuori dal vicolo sulla strada principale senza fiato, avevo fatto sì e no quattrocento metri, una vera sportiva. Guardai velocemente a destra e a sinistra cercando di orientarmi. Destra, decisi e ricominciai a correre.

Tredici

Scappata ero scappata, ma dov'ero finita? E soprattutto, come potevo tornare in città?

Mi incamminai lungo il viale che avevo percorso per raggiungere il pub, la strada era buia e non passava anima viva. Controllai subito il cellulare.

Niente campo.

Un classico.

Mi facevano male i piedi, maledette scarpe di Letizia, e anche le ginocchia. Mi si ruppe un tacco, benissimo. Mi appoggiai al tronco di un albero che spuntava dalla strada per rompere anche il secondo, se dovevo camminare a lungo non potevo farlo in quel modo. Certo non sarebbe stato facile, erano scarpe nuove e costosissime.

Ci riuscii in un paio di secondi.

«Sono di ottima qualità» mi aveva detto la commessa anoressica del negozio per giustificarne il prezzo. «E la qualità si paga.»

Appunto.

Misi il tacco in borsetta e ripresi la marcia. Ero pazza, aveva ragione Federico.

La strada era poco illuminata e, anche se cercavo di non farmi suggestionare, avevo tutta l'impressione di essere finita in un film di Carpenter. La versione francese però, quindi più noiosa.

L'unica cosa che potevo fare era proseguire, controllai di nuovo il telefono, ora c'era campo, tirai un sospiro di sollievo.

Chiamai subito un taxi fornendo delle indicazioni vaghe. Dissi che ero sulla statale D908 NEUILLY-SUR-SEINE a un paio di chilometri dal pub, anche se forse ero stata troppo ottimista, due chilometri non li avevo percorsi. Comunque il taxi sarebbe arrivato in cinque minuti, l'efficienza francese. Mi appoggiai al guardrail e aspettai.

Quando vidi apparire una macchina dal fondo della strada scattai in piedi. Non era il taxi, mi risedetti e cercai di darmi una rassettata, ma c'era poco da fare, i collant smagliati e le scarpe senza tacco davano un'idea abbastanza chiara di chi potessi essere.

La macchina rallentava, ecco, ci mancava anche questa.

Mi guardai intorno, cosa potevo fare? Controllai l'ora sul display del cellulare, erano passati due minuti dalla mia chiamata. Quando sollevai lo sguardo vidi l'auto ferma davanti a me, era elegante, costosa, di quelle metallizzate con i vetri oscurati.

Che fosse il pappone della zona? Sicuramente si stava domandando chi fosse la ragazza nuova che si permetteva di andare in giro senza la sua protezione.

Avrei subito chiarito la faccenda. Perché non scendeva nessuno?

L'auto aveva qualcosa di sinistro.

Woody Allen avrebbe detto che avevo la vista sinistra e che dovevo farmi delle lenti allegria.

In quel momento si aprì la portiera, trattenni il respiro.

«*Bonsoir*» disse un uomo affacciandosi.

«B... buona sera.»

«Ah, è italiana?»

Non riuscivo a rispondergli, mi si era improvvisamente seccata la gola.

Eppure non aveva un aspetto così terrificante. Mi guardava e sorrideva ma, per quanto mi sforzassi, non riuscivo a ricambiare la cortesia.

«Vuole un passaggio?»

«C... come se avessi accettato, grazie. Sta per arrivare il taxi.»

«Siamo lontani dal centro, potrebbe non arrivare. Salga in macchina, non abbia paura. Sono una persona affidabile.»

Mentre mi parlava, guardavo la strada nella speranza di scorgere il taxi. Niente. Potevo mettermi a correre, ma avrei risolto qualcosa? L'auto era più veloce di me, anche una tartaruga lo sarebbe stata. E io sarei morta di trombosi.

Sudavo freddo, mi ero cacciata in una situazione assurda e non potevo dare la colpa a nessuno se non a me stessa.

L'importante ora era cercare di rimanere lucida e trovare una via d'uscita, alle mie azioni sconclusionate e senza senso avrei pensato in un secondo momento, magari una volta tornata a casa e comodamente seduta in salone. E anche se non avevo un vero e proprio salone, potevo sempre sedermi in cucina.

«Quindi?» incalzò lui. «Che cosa ha deciso? Lo sa che è pericoloso girare di notte così lontana dalla città?»

Disse il lupo a Cappuccetto Rosso. Ma che razza di accento aveva? Parlava bene la nostra lingua, eppure ero certa non fosse italiano. E poi quel suo modo di fare mellifluo mi faceva venire i brividi.

«Stavo proprio tornando in albergo.»

«Allora salga, la riporto io.»

«Grazie, preferisco camminare, c'è una bella arietta frizzante.»

«Non si fida?»

«Nooo, non è questo.»

«Guardi che qui nessuno vuole farle del male.»

«Eh, *buéne sine, ma fésse none*» mi sfuggì.

«Come dice?»

«Dico che lei è stato gentilissimo e non vorrei disturbarla oltre.»

«Nessun disturbo. Però non le conviene allontanarsi, se posso darle un suggerimento.»

Suonò come una minaccia velata, mi veniva da piangere ma non volevo mostrarmi debole.

«Che cosa vuole da me?» dissi con il tono più distaccato che potessi trovare.

«Solo accompagnarla e parlare.»

«Non possiamo farlo qui? Stiamo già conversando piacevolmente.»

«Lei mi sembra una ragazza intelligente.»

«Guardi che non è vero.»

Gesù, era così affettato ed elegante. Sembrava appena uscito da un bordello o da una di quelle ville in cui si svolgevano festini orgiastici tipo *Eyes Wide Shut*. Centinaia di uomini mascherati, pronti a usarmi per soddisfare i loro istinti più bassi.

Anzi no, mi voleva vendere ai paesi dell'est europeo come prostituta.

Ragionando meglio convenni che non era possibile, fuori target e decisamente fuori misura, sia per *Eyes Wide Shut* che per la tratta delle bianche.

In quel momento vidi arrivare il mio taxi.

Con una falcata che Antonio Cassano si sarebbe sognato mi portai al centro della strada e sollevai le braccia.

Il taxi inchiodò, salii senza neanche voltarmi. Ero salva.

Allora perché non mi sentivo affatto bene?

«*Excusez-moi?*» diceva l'autista voltandosi nella mia direzione.

Perché non riuscivo a rispondergli?

«*Excusez-moi? Madame?*»

«*Madò*, non respiro!»

«*Uh? Je ne comprends pas.*»

«*Ne pas respirer!*»

Lo vidi sbuffare.

«*Et alors?*»

«Mi porti all'ospedale!»

Sbuffò di nuovo aggiungendo anche una specie di pernacchietta con la bocca.

«*Je ne comprends pas.*»

Figuriamoci se capiva.

«*À l'hôpital*»

«*C'est bien c'est bien*» e fece spallucce.

Mi accasciai sul sedile.

Quattordici

«Mi sa dire che cosa ha avuto?»

«Se lo sapessi non sarei qua, le pare?»

L'autista mi aveva scaricato all'ospedale di Neuilly ed era ripartito sbuffando.

Ero stata accolta immediatamente con gelo e professionalità finché non era sopraggiunto questo dottore che parlava uno splendido italiano, stranamente.

«Aveva la pressione altissima e non respirava. Le ho dato ossigeno e una massiccia dose di Valium, mi pare che ora si sia ripresa. Le faccio solo qualche domanda, che giorno è?»

«E che ne so?»

«In che anno ci troviamo?»

«Il 2014» poi ci ripensai. «No, 2013. Scusi, sono molto confusa.»

«2014. Le era mai capitato prima?»

«No.»

«Ha tutte le caratteristiche di un classico attacco di panico, che cosa le è successo?»

Oddio, e che potevo raccontare? Che avevo pedinato il mio capo, ero scappata e di fronte a un uomo che voleva darmi un passaggio mi ero spaventata a morte?

«Facevo una passeggiata per visitare i dintorni di Parigi. Poi mi sono sentita male e mi sono infilata nel primo taxi disponibile.»

«L'autista dice di averla vista vicino a una macchina.»

«Sì beh, no.»

Che potevo inventarmi?

«Mi ero persa e ho incontrato un signore gentilissimo ma poi è arrivato il taxi e a quel punto mi sono sentita male.»

«Ha per caso bevuto?»

«No no, macché. Sono astemia.»

«Ha assunto qualche farmaco?»

«No, giusto giusto un Aulin stamattina per il mal di testa poi un Ansiolin per il volo e un Buscopan per lo stomaco. Ah, forse poi un altro Aulin.»

«Intendevo droghe, ma non mi pare questo il caso. Vuole che chiami qualcuno?»

Pensai a Ristori, dovevo avvisarlo, era comunque il mio capo e tra poche ore avevamo un altro incontro con i cinesi.

«Se potesse farmi la gentilezza di chiamare il mio albergo, lo Shangri-La e avvisare Riccardo Galanti che mi trovo qui.»

Quanto tempo era trascorso dall'incontro al pub? Un'ora? Due?

«Certamente.»

Si allontanò e io chiusi gli occhi. Gli avvenimenti della serata mi passarono davanti in rapida sequenza, ero ancora molto confusa, che mi fossi immaginata tutto? La pistola nelle mani del tizio con cui stava parlando Galanti e poi la doppiezza dell'uomo nella macchina? Certe volte la mia testa andava al galoppo. Quello magari stava solo reggendo uno specchietto o il telefonino. Ma sì certo, che stupida che ero stata, a luccicare era stato lo schermo di un cellulare, poi sul taxi avevo avuto un calo di adrenalina, mi ero sentita finalmente al sicuro ed ero crollata.

Venni riportata alla realtà dalla voce del dottore.

«Il signor Galanti sta arrivando.»

«Come? Non c'era bisogno di disturbarlo.»

Questo proprio non l'avevo previsto.

«Si è offerto lui.»

«Ah sì?»

«Ha risposto immediatamente, è stato molto gentile.»

Mi aveva scoperta, non c'erano dubbi, altrimenti perché venire fino in ospedale?

Scesi dalla barella e iniziai a passeggiare avanti e indietro, ero in trappola. Non avrei visto Luigino crescere e diventare un serial killer, non avrei potuto fare la damigella d'onore alle nozze di Letizia, perché ero certa che prima o poi si sarebbe sposata, doveva solo trovare un marito, tutto qui. Non avrei visto Federico vincere l'Oscar per la migliore sceneggiatura di un film straniero, né Bianca sedersi in prima fila ad assistere all'evento accanto al suo nuovo compagno, Dominique Strauss-Kahn.

La mia vita era finita ancora prima di cominciare.

Un momento, senza dubbio era un impostore, un tagliatore di teste, ma che fosse anche pericoloso non lo credevo possibile. Era un uomo con delle ombre, ma addirittura un assassino?

E se invece avessi scoperto il suo gioco? Si era presentato in azienda sotto falso nome, poi era uscito per incontrare una persona dopo avermi detto che sarebbe rimasto in camera tutta la sera. A pensarci bene poteva essere eccome pericoloso.

E mentre formulavo questo pensiero, vidi avanzare verso di me Ristori.

Ero impietrita e quando fu a un passo di distanza chiusi gli occhi.

«Stai bene?»

«Come?» li spalancai.

Ristori era a pochi centimetri dalla mia faccia e mi stringeva le braccia con le mani.

«Ti sto domandando se stai bene!»

«Benissimo, grazie.»

Non riuscivo a capire il suo sguardo. Rabbia? Preoccupazione? Forse più rabbia. Quello magari era un serial killer e io mi scioglievo davanti a lui. Ero malata, aveva ragione Federico.

Ma, mi aveva dato del tu?

«Bene, io e te facciamo i conti dopo.»

Sì, decisamente mi aveva dato del tu.

«Vado a cercare il medico e ti porto fuori da qui.»

Non sarei andata da nessuna parte con lui, che cosa voleva dire con quel "facciamo i conti dopo"? Fui presa dal panico, non volevo lasciare l'ospedale ma non riuscivo a trovare una soluzione.

«La ringrazio,» disse Ristori apparendo all'improvviso insieme al dottore «ora ci penso io.»

«Abbiamo già finito?» provai a chiedere. «Insomma mi dimettete così, senza fare altri accertamenti?»

«Le analisi sono tutte nella norma.»

«Potrei avere qualcos'altro, che so, quelle malattie silenti...»

«Ma no,» intervenne Ristori «che cosa le avevo detto, dottore?»

«Perché?» chiesi. «Che cosa gli hai detto?»

«Che sei molto stanca per il lavoro.»

«No no, non è vero. O magari sì, ma non è questo il punto.»

«E qual è il punto?» domandò il medico.

«Il punto è... il punto è che lui... lui non è quello che dice di essere, ecco.»

Bene, ora non mi avrebbero fatto uscire da lì con tanta leggerezza.

Il dottore corrugò la fronte.

«Che cosa intende dire?»

«Non vuole dire niente. Deve solo riposare» mi interruppe Ristori. Poi sottovoce aggiunse: «Non fare la bambina».

Avevo troppa paura delle conseguenze di quello che avevo fatto e visto, o creduto di vedere. Sapevo che se fossi uscita da lì con lui le cose sarebbero peggiorate.

«In effetti forse potremmo fare qualche altro accertamento.»

«Benissimo.»

«Magari un elettroencefalogramma.»

«Un elettroencefalogramma? Non sono mica pazza!»

La conversazione stava prendendo una piega che non mi piaceva affatto. E se mi avessero sottoposto all'elettroshock come Carrie Mathison in *Homeland*?

«Ripensandoci, penso di stare bene.»

A quel punto Ristori mi prese per un braccio e mi trascinò via. Appena fuori chiamò un taxi.

Il viaggio fu silenzioso. Non avevo il coraggio di voltarmi a guardarlo, ero certa che in quel momento mi stesse odiando. Mi sudavano le mani e tutto il Valium che mi avevano somministrato non sembrava avere avuto un grande effetto sul mio cuore che batteva alla velocità della luce. Qualsiasi cosa avesse voluto farmi non sarebbe passata sotto silenzio. I miei amici non vedendomi tornare si sarebbero preoccupati, i miei genitori, mia nonna. Al primo pacco di calzone di cipolla che tornava indietro avrebbero chiamato la polizia, il parroco e anche il dottore.

«Vogliamo smetterla di andare in giro a dire che sono un'altra persona?» disse a un certo punto, rompendo il silenzio. «La mia pazienza ha un limite e con te l'ho usata quasi tutta.»

Mi voltai verso il finestrino.

«Guardami quando ti parlo.»

«Sì sì» e quando i miei occhi incrociarono i suoi, non vidi quello che immaginavo.

Era arrabbiato, ma anche stanco. Insomma non certo pericoloso.

«Mi aspettano delle giornate molto dure, Stregatti, e non posso permettermi nottate come questa. Cosa hai intenzione di fare? Continuare con la storia di Alberto Ristori? Perché se è così devo saperlo subito, per potermi regolare di conseguenza.»

Mi conveniva tacere, annuii.

«Era un sì?»

«Sì, la smetto.»

Lo vidi rilassarsi.

«Bene, siamo arrivati.»

Scesi dall'auto come se stessi andando al patibolo, ma quando mi trovai di fronte l'ingresso trionfale dello Shangri-La quasi svenni dalla gioia.

Alla reception lo sentii chiedere le chiavi delle nostre stanze, come in un sogno. Quando entrammo in ascensore per un attimo pensai ancora che avrebbe potuto farmi qualcosa, magari buttarmi giù dalla finestra e poi dire ai giornali che la sua segretaria si era suicidata perché era depressa. Ci avrebbero creduto tutti.

«Vai a darti una sistemata e riposati. L'incontro sarà tra poco più di tre ore.»

Eravamo in piedi in mezzo alla mia stanza, non mi ero neanche accorta di esserci entrata.

«Sei distrutta e non voglio che ti vedano in questo stato.»

«Che stato?»

Con la coda dell'occhio sbirciai la mia immagine riflessa nello specchio dell'ingresso: «*Madò!!!*».

Avevo i capelli arruffati, le occhiaie e i vestiti ciancicati. E mi mancava una scarpa. Forse mi era stata rubata da qualcuno in ospedale mentre ero priva di conoscenza.

Scoppiai a piangere, non era un pianto elegante, silenzioso, con le lacrime che accarezzano le guance, piuttosto un pianto convulso.

«Scusa,» singhiozzavo «non so che cosa mi stia succedendo.»

«Che cosa devo fare con te?»

La sua voce si era addolcita.

«Niente, ora mi passa.»

Lo vidi avvicinarsi e senza aggiungere altro mi abbracciò.

Non ero mai stata abbracciata in quel modo, ma soprattutto non mi aspettavo che lo facesse un uomo come lui. Invece il suo calore era sincero, e reale.

Mi accarezzava la schiena per cercare di calmarmi, ma più mi accarezzava più quegli ormoni che credevo morti si attivavano e allora piangevo ancora più forte.

Potevo provare attrazione per un uomo che senza battere ciglio avrebbe licenziato metà azienda o, peggio, cambiava identità come cambiava paio di mutande?

«Vuoi raccontarmi che cosa è successo?»

Me lo chiese con tanta dolcezza che per poco non glielo raccontai davvero. Era evidente che stava cercando di confondermi e ci riusciva benissimo.

«Sì, no, beh non ho visto Parigi.»

«Una tragedia, in effetti. Ma potrai tornarci un'altra volta.»

«E poi… ti sto sporcando tutta la camicia.»

«Posso mandarla in tintoria.»

Questa sua improvvisa arrendevolezza peggiorò la situazione e aumentò i singhiozzi.

«Perché non mi dici quello che è successo veramente?»

Si allontanò da me e per poco non crollai a terra. Lo sapeva, inutile continuare a mentire.

«Se ti riferisci al fatto che forse mi hai vista a Neuilly-sur-Seine, tecnicamente potrebbe sembrare che io ti abbia seguito.»

«Tecnicamente sembrava proprio così.»

«Invece scappavo da Bo.»

«Bo?»

«L'avvocato cinese, quello seduto accanto a me a pranzo. Mi ha palpeggiato sotto il tavolo tutto il tempo.»

«Sospetto ci sia un collegamento che non colgo ma che immagino ora mi spiegherai.»

«Sono stata costretta a seguirti. Questo Bo mi è piombato in camera e io sono uscita, allora sono salita su un taxi che casualmente era dietro il tuo.»

«Una storia avvincente, non credo a una parola.»

U bove ca dice cornute au ciucce, pensai.

«Come?»

Che l'avessi pronunciato ad alta voce? Il suo sguardo divenne di ghiaccio e io mi sentii mancare.

«Non ho detto niente.»

«Di solito non amo ripetermi e sono un uomo poco tollerante, mi preme chiarire la faccenda,» e abbassò il tono della voce «se sento di nuovo una parola sul fatto che io non sono Riccardo Galanti smetterò di essere così paziente, hai capito?»

Deglutii e feci segno di sì con la testa.

«Non che io debba giustificarmi con te, sia chiaro. Voglio dirtelo in modo che non ci siano più equivoci e fraintendimenti. Sono uscito per incontrare un amico che non vedevo da molto tempo. Non era in programma ma è successo.»

Annuii di nuovo.

«Quello che vorrei sapere da te,» proseguì «è perché sei scappata in quel modo e soprattutto dove diavolo sei finita dopo.»

«Mi sono allontanata per non disturbare, ho iniziato a camminare lungo la strada e poi ho chiamato un taxi. Deve essere stato lì che mi sono sentita male.»

«Strano, perché quando io e il mio amico ci siamo guardati intorno, tu eri scomparsa. Non credo saresti potuta andare lontano camminando in quel modo.»

«Si chiamano squat» gli risposi abbassando la testa.

«Come?»

«Il movimento che mi hai visto fare, se è a quello che intendevi con "in quel modo".»

Lo vidi distendersi.

«In palestra mi chiamano la regina degli squat» proseguii.

«Non lo metto in dubbio, Stregatti. Resta il fatto che non credo a una parola della tua storia.»

«Ma è la verità.»

«Come vuoi. Adesso per cortesia sistemati, i cinesi ci aspettano a colazione e abbiamo l'aereo alle due.»

Se ne andò lasciando un vuoto incredibile nella stanza.

Mi feci una doccia e mi buttai a letto. Erano le sei del mattino e potevo dormire un paio d'ore. Mi girai e rigirai nel letto finché non arrivarono le otto. A quel punto chiamai Modestina.

«Che tieni?» mi chiese dopo i primi saluti.

«Sono disperata, stanotte mi è successo di tutto, non so da che parte cominciare.»

«*Mocca a tè*, che tieni? Stavi bene prima.»

«Sì, perché prima non conoscevo Alberto Ristori, o Riccardo Galanti. Mi sono innamorata di un uomo che non mi ama e che non è quello che dice di essere. Già non mi fido degli uomini in generale…»

«*Madò, la capa!* Si può sapere che tieni mò?»

«Te l'ho detto. Sono preoccupata…»

«Anche io, assai.»

«Ma sto bene, guarda. Sai che ora ci diamo del tu? Mi sembra un gran passo avanti.»

«Ma che cosa tieni qui? *Che c'hai in capa?*»

«Parecchie cose…»

«Un bozzo?»

«No, quello no.»

«Sì è un bozzo. Senti, non è che mi chiami più tardi? Luigino non sta bene, *tiene 'na cosa strana in capa*, non mangia, non beve, non dorme.»

«E che cos'è? Un vegetale?»

Riattaccai sconsolata, sarebbe diventato un serial killer ma almeno lo avrei visto crescere.

Quindici

«A cosa stai pensando?»

L'aereo stava per decollare e io non riuscivo ancora a credere a quanto era successo. Mi sembrava di avere vissuto un incubo, volevo solo tornare a casa e ricominciare la mia vita come se non fosse accaduto nulla.

Durante l'incontro con i cinesi, Galanti era stato insopportabile, mi aveva trattata malissimo in più di un'occasione e per la prima volta avevo provato quello che dovevano avere sentito i miei colleghi. Ora sembrava più tranquillo.

«A Matthew Broderick» e a te, avrei voluto aggiungere.

«A chi?»

«Il mio pesce rosso, l'ho lasciato a casa da solo.»

«Starà benissimo.»

«Speriamo, lui dipende da me e questa cosa proprio non mi va giù» mi sfuggì. «Voglio dire che non riesco a prendermi cura di me stessa, figuriamoci di qualcun altro.»

«Da quanto tempo ce l'hai?»

«Quasi un anno.»

«Un anno è un periodo abbastanza lungo, direi che la prova è stata superata, non trovi?»

«Già, non ci avevo pensato.»

«Mentre tu ripeti a te stessa che non ce la fai, il tempo continua a scorrere e senza che te ne accorgi il risultato è sotto i tuoi occhi, come in questo caso. Stregatti, ti stai prendendo cura del tuo pesce da molto tempo, è fatta.»

Non riuscivo a distogliere lo sguardo dai suoi occhi, ero ipnotizzata. Se in quel momento mi avesse chiesto di buttarmi dall'aereo lo avrei fatto in un attimo.

Non sapevo che cosa pensare di lui, fino a qualche minuto prima sembrava l'uomo più spietato che avessi mai incontrato, adesso invece era lì che mi parlava del mio pesce.

Distolse lo sguardo per primo.

«Bo si è molto rattristato vedendoti andare via.»

«Che incubo, continuava a gridare "Mrs. Stlegatto, Mrs. Stlegatto".»

A quel punto mi incupii. Bo mi aveva fatto tornare alla mente le ragioni di quel viaggio.

«Che altro c'è?»

«Niente di importante.»

«Desiderate qualcosa?» ci interruppe la hostess.

«Sì grazie, la signorina qui prende un Bloody Mary, giusto?»

«S… sì.»

Poi abbassò la testa verso di me. Oddio, voleva baciarmi?

«Solo uno, Stregatti,» mi sussurrò all'orecchio «solo uno.»

Annuii vistosamente tanto che sentii uno scricchiolio al collo, ero in tachicardia ventricolare, lo potevo ben dire dopo dodici serie di *ER*.

Non appena decollammo lui si sporse verso di me e iniziò a indicarmi quello che stavamo vedendo dall'alto. Potevo sentire il suo profumo. Quella vicinanza mi dava alla testa o forse era il Bloody Mary, fatto sta che una volta in volo crollai su di lui.

Sognai l'uomo della macchina, mi aveva rinchiusa in una specie di stanza degli interrogatori insieme a Brody, quello di *Homeland*, che era accasciato su una sedia e sembrava privo di sensi.

Eravamo entrambi seduti intorno a un tavolo di metallo. Il resto della stanza era vuoto.

I rapitori erano in due, uno non l'avevo mai visto, si trovava in piedi di fronte a Brody e continuava a gridare con rabbia: «Chi sei veramente? Chi sei veramente? Chi sei veramente?» e a battere il pugno sul tavolo. L'altro, il tizio della macchina, mi indicava con la mano un foglio che mi teneva sotto gli occhi. C'era scritto: sei una vaginale o una clitoridea?

E io non sapevo proprio cosa rispondere. Solo che quei due sembravano esigere una soluzione immediata.

«Chi sei veramente? Quante volte te lo devo chiedere? Chi sei veramente?» continuava a gridare l'altro a Brody. Lo stavano torturando per farmi rispondere?

«E va bene,» gridai «sono una clitoridea!»

Figuriamoci, che ne potevo sapere?

«Giuro, sono una clitoridea!»

«Ssst, Stregatti.»

Era la voce di Ristori, che ci faceva nel mio sogno?

«Stregatti, svegliati.»

Mi stropicciai gli occhi e mi resi conto di avere la testa appoggiata sulla sua spalla.

«Scusami, scusami tanto» e mi raddrizzai.

«Hai fatto un sogno movimentato.»

«Perché?»

«Tutto l'aereo ora sa che sei una clitoridea.»

Mi sentii sprofondare.

«Che razza di sogni fai, Stregatti? Sei una segretaria molto intrigante.»

«Che vergogna.»

«Allacciati la cintura che stiamo atterrando.»

«Che poi mica è vero.»

«Che cosa?»

«Che sono clitoridea» mi scappò.

«Ah no?»

«Volevo dire che non sono mica solo clitoridea.»

Ma che stavo dicendo? Mi ero messa a parlare della mia sessualità con Galanti? Ma se non sapevo neanche distinguere i due orgasmi!

«Molto interessante.»

«Scusa, sono ancora scossa dal sogno.»

«Potresti dirlo a Theresa Page.»

«Figuriamoci, quella scrive scrive ma non sa niente» mi sfuggì.

«In che senso?»

Brava, e ora che potevo inventarmi?

«Volevo dire che non è che sia proprio un'esperta.»

«E come lo sai? Mi avevi detto che non li avevi mai letti prima.»

«Quei test li scrive una mia amica.»

«Mi stai dicendo che Theresa Page è una tua amica?»

«Sì, una cara amica. Ci tengo a precisare che è stata costretta a farlo, in realtà il suo sogno era diventare una giornalista, vincere il Pulitzer.»

«Mi ricorda qualcuno.»

Sorrise.

Ripensai al sogno.

«Ho detto altro?»

«Quando?»

«Mentre dormivo.»

«No, perché?»

«Niente niente, così per sapere.»

Eppure avevo gridato, ne ero quasi certa, o meglio non potevo sapere quello che avevo detto ad alta voce, ma la frase ripetuta ossessivamente mi rimbombava ancora nelle orecchie e nella testa. Stava mentendo?

«Vuoi raccontarmi il sogno?»

«No no, ci mancherebbe.»

«Peccato.»

Mi sembrava tranquillo e sereno.

Mi accasciai sul sedile. Dovevo smettere di pensare, almeno per quel giorno.

Sedici

«Non ci posso credere.»

Federico era in piedi e andava avanti e indietro per il mio salone con grandi falcate. Che poi, non essendo un vero e proprio salone, sembrava girasse su se stesso come un autoscontro impazzito.

Io, Letizia e Bianca sedute sul divano lo seguivamo con gli occhi.

«*Belìn*, Fede, fermati un momento» sospirò Letizia.

«Se non ti procuri presto un salotto come si deve» si intromise Bianca «non possiamo fare entrare nessun altro, dove lo mettiamo?»

Ero arrivata nel pomeriggio da Parigi ed ero andata direttamente a casa. Avevo incrociato Letizia che stava stendendo il bucato sul ballatoio e litigava con i gatti del vicino.

«Ma che cosa hai? Sei isterica.»

«Primo non li sopporto più, mi entrano dentro casa e si infilano nei cassetti, secondo Goffredo mi ha lasciata.»

«Non sapevo neanche che tu fossi fidanzata.»

«Rielaboro la frase, ha smesso di chiamarmi.»

«E chi è Goffredo?»

«L'avvocato che ho conosciuto in studio la settimana scorsa.»

«Ah, quello con cui sei andata al cinema? Ma lo hai visto una sola volta!»

«*Belìn*, lo sai che io mi affeziono. Poi era così tenero quando diceva che per lui innamorarsi era una perdita di tempo.»

Era bello tornare alla normalità, mi era tanto mancata. Le raccontai per sommi capi l'accaduto e decidemmo di chiamare anche gli altri e andare a cena fuori.

Arrivarono dopo un'ora. Avevo cercato di descrivere nel modo più chiaro possibile i fatti così come si erano svolti e, una volta terminata l'esposizione, Federico si era alzato in piedi e aveva iniziato a camminare avanti e indietro.

«Non ci posso credere» ripeteva in continuazione.

«Devi crederci, Fede.»

«È un modo di dire.»

«Ah. Ma quindi adesso? Che cosa dovrei fare?»

«Niente, assolutamente niente. Perché ho la sensazione che non mi darai ascolto?»

«Perché qui c'è qualcosa sotto, che ci faceva la macchina lì?»

«Tu piuttosto che cosa ci facevi in quella strada in piena notte?»

«Seguivo Ristori.»

«Non devi sempre rispondere, è un modo dire, si chiama domanda retorica.»

«Ah. Tu non capisci! Io… mi sono innamorata, ecco.»

«Eh? Del tizio che ti voleva dare un passaggio? Che storia torbida.»

«Ma no, di Ristori!»

«Che romantico, Streghina. Ma ci pensi? Come in una favola, è il tuo principe azzurro.»

«Avvocato, più che un principe azzurro il poveretto mi sembra una vittima di stalking.»

«Fede, sei il solito guastafeste» disse Letizia piccata.

«Macché guastafeste! Sono preoccupato. Questa» e mi puntò il dito contro «dice di essersi innamorata di uno che nella migliore delle ipotesi ha la doppia personalità, nella peggiore è un impiegato delle poste. Perché non ti innamori di un commercialista?»

«Sono convinta che sotto ci sia qualcosa di losco e voglio andare fino in fondo. C'è anche la questione del tatuaggio. Non era mica uno di quelli tribali, era diverso. Chi si farebbe disegnare un occhio e un pirata con un coltello tra i denti?»

«Un ex galeotto» si intromise Bianca quasi sovrappensiero.

Ammutolimmo tutti.

«Non scherziamo» Federico si era accasciato sulla poltrona, esausto.

«Il mio amico Pantelius una volta mi ha fatto dei racconti terribili al riguardo. Ogni tatuaggio ha un significato ben preciso nel linguaggio delle prigioni, potrei domandare a lui.»

«Perché uno che si chiama Pantelius dovrebbe essere esperto di tatuaggi?»

«Ma come, Federico? Pantelius è uno dei più grandi studiosi del comportamento, ha scritto una marea di saggi a riguardo. Proprio di recente ha fatto una ricerca sulla simbologia dei tatuaggi disegnati sui corpi dei galeotti russi partendo dalla Mummia del Similaun. È uscita anche su Focus. Grande giocatore di canasta, per la cronaca.»

«Tatuaggi russi? Questo vorrebbe dire che Ristori è un ex galeotto russo.»

«Ormai la vita ha smesso di sorriderci» sospirò Federico.

«Questa è una vera e propria avventura, ve ne rendete conto?» ero elettrizzata.

«No» risposero in coro.

«Vi ricordate quando ancora speravo che a Girl Power mi affidassero un'inchiesta? Mi sentivo molto Kate Hudson in *Come farsi lasciare in 10 giorni.*»

«In effetti siete identiche» mi interruppe Federico.

«*Belìn*, Fede, come sei sempre attaccato alla realtà» Letizia prese le mie difese, più per deformazione professionale credo.

«Quello che vorrei sapere io» concluse Federico «è se il tuo invaghimento per Ristori è reale o rientra nel quadro delle tue psicosi.»

«Quali psicosi? Io non ho psicosi.»

«Dicono che il primo passo verso la guarigione sia ammettere di avere dei problemi.»

«Appunto, non lo ammetto perché non ne ho.»

«Quindi a te sembra normale innamorarti di un ragazzino che ti tira la cacca, di un uomo che va a vivere in Australia e di uno schizofrenico?»

«Non è colpa mia se incontro solo uomini così.»

«Una persona normale neanche la guarderesti. Hai troppa paura.»

«Federico ha ragione,» intervenne Bianca «fai sempre così. Il mio analista dice che dobbiamo smetterla di inseguire gli uomini impossibili pensando che quel patimento che proviamo sia amore, quando invece è generato proprio dall'impossibilità di averlo.»

«Eh?»

«In effetti è poco chiaro» sentenziò Letizia.

«Che poi il tuo analista non aveva avuto un esaurimento?» chiesi.

«Sì, ma io continuo ad andarci, lo faccio per lui, non certo per me. Gli chiedo come va, si sfoga, mi racconta i suoi problemi. Gli fa molto bene, mi ha detto.»

«*Belìn*, e lo paghi?»

«Ovvio. Non potrei mai interrompere le sedute così, penserebbe che lo stia facendo per via del suo esaurimento. La prenderebbe malissimo.»

«Allora una volta stabilito che questo Ristori ti piace veramente, e sperando che sia un impiegato delle poste, come vogliamo procedere?»

«Per una volta mi piacerebbe dimostrare di essere una donna.»

«Per quello basta il certificato di nascita.»

«Cretino. Intendevo dire che vorrei non commettere i miei soliti errori.»

«Tanto è tutto inutile, Streghina. Finiremmo per soffrire lo stesso, guarda me con Goffredo.»

«E chi è ora Goffredo? Che nome elegante!» s'intromise Bianca.

«Non vi sopporto più e ho fame. Scendiamo a mangiarci una pizza?»

«Fede, non abbiamo prenotato.»

«E allora? Qui sotto chi vuoi che ci sia?»

«Nessuno, ma sai che a Milano se non prenoti...»

«Basta con questa storia! Dai, scendiamo.»

«Prendiamoci un sushi, qui a Milano la pizza non la sanno fare» dissi.

«Quella all'angolo è buona» rispose Fede.

«Perché hai le papille gustative andate! È alta, cruda dentro, spugnosa e senza pomodoro, sia mai che ce ne mettessero troppo» chi era cresciuto con la focaccia di nonna Berta come me era molto esigente sui prodotti da forno.

«Credo che smetterò di frequentarti. Allora andiamo in fondo alla strada.»

«Peggio! La pizza per vegani. Devo ancora capire come si fa a farla senza glutine, senza farina, senza mozzarella. Letizia, tu che dici?»

«*Me ne battu ù belìn n'sci scheggi.*»

«Eh?» chiedemmo in coro.

«Che me ne sbatto il belino sugli scogli! Andiamo dove vi pare, ma andiamo!» Letizia chiuse la questione.

Mentre parlavamo, mi avevano spinta in ascensore e trascinata in strada.

«Eccoci arrivati. Guarda, Stregatti, è vuoto come ti dicevo.»

Era la pizzeria all'angolo, alta e spugnosa, sempre meglio che vegana.

Ci venne incontro il cameriere, che abitava nel mio palazzo, al piano terra. Ogni volta che mi incrociava, faceva finta di non riconoscermi. Anche alla festa degli entusiasti della vita mi aveva ignorata.

«Un tavolo per quattro» chiese Federico baldanzoso.

E quello, con l'espressione grave dipinta sul volto di uno che sa che gli è stato affidato un compito importante come risolvere un'equazione algebrica per una nuova particella atomica, ci rispose: «Ma avete prenotato?».

Perché nessuno mi dava mai retta?

Diciassette

«Allora? Voglio sapere i dettagli!»

Maurizio era seduto sulla mia scrivania.

La notte aveva portato consiglio. La notte e la strategia che avevamo deciso di tenere una volta ordinata e portata a casa la pizza, perché non c'era stato verso di convincere il cameriere a farci sedere. Gli era stato detto di non accettare clienti senza prenotazione e lui eseguiva, nessuna eccezione, nessuna variazione che potesse destabilizzare l'ordine delle cose. A Milano andava così. Se per esempio si riservava un tavolo per quattro, non era possibile poi presentarsi in cinque, non erano in grado di gestire l'emergenza.

«Non è possibile, il tavolo è da quattro!»

«Non si può aggiungere una sedia?»

«Non so, il tavolo è da quattro!»

«Ho capito, ma si tratta di una sedia in più, ci stringiamo.»

«Non credo si possa, il tavolo è da quattro.»

Seduti nella cucina del mio monolocale decidemmo che la cosa migliore era che prima di tutto mi dessi una calmata, le cose in ufficio sarebbero peggiorate e un ulteriore stress non mi avrebbe certo fatto bene. Bianca mi aveva promesso di interrogare Pantelius durante la canasta del sabato sera.

«Lascia perdere, un incubo, sono finita al pronto soccorso per un attacco di panico.»

«Orrore.»

«Galanti è dovuto venire a recuperarmi.»

«Adoro.»

«Uno dei cinesi si è innamorato di me e mi ha inseguito per tutto l'albergo gridando: "Mrs. Stlegatto!!! Mrs. Stlegatto!!!"»

«Adoro! Che cosa è questo?»

«Cosa?»

«Quell'invito lì che tieni tra le mani? Vedere, vedere, vedere!»

«Eccolo. Stavo smistando la posta prima del suo arrivo, strano che ancora non sia qui.»

«Ti rendi conto che questo è l'invito al party più esclusivo di Milano?»

«Ah, sai che *priscio*!»

«Come sei pesante. Io venderei il mio fidanzato per poterci andare.»

«Io venderei il mio pesce rosso per molto meno.»

«Il problema è che non sai divertirti, non sai lasciarti andare.»

«Bella scoperta.»

«E buttati qualche volta! Ti ho invitato mille volte al Plastic e tu non sei mai voluta venire. Di sicuro avresti rimorchiato, non necessariamente un uomo ma non c'è bisogno di fare le schizzinose.»

«No no, figurati, che schizzinosa. Di questi tempi si prende quello che viene.»

«E poi sciogliti quei capelli, mamma mia, sembri una suora.»

Maurizio mi tolse il mollettone dai capelli.

«Ecco su, da brava.»

«Ma così sciolti? Sono terribili, ricci e crespi come i peli di un barboncino.»

«Sta' zitta. Fammeli sistemare un pochino. Oh.»

Mauri trafficava coi miei capelli e si sentiva molto Coppola.

«Ora togliti gli occhiali.»

«Ma…»

«Su, su.»

«Fatto. Però non vedo niente!»

«Come non detto, rimettiteli subito. Strano però, nei film funziona sempre.»

Gli tirai una penna che lui schivò.

«Amore, sto scherzando, stai benissimo. Oddio, arriva il maschio alfa, fuggo!»

Mi rizzai sulla sedia.

«Buongiorno, Stregatti» mi disse affacciandosi. «Vieni un momento di là?»

«Arrivo.»

Presi la corrispondenza e lo seguii.

«Chiudi la porta.»

Non lo sopportavo quando impartiva ordini in quel modo. Ovviamente ubbidii.

«Allora, Stregatti, stai un po' meglio oggi?»

«Sì, grazie.»

«E non vuoi ancora dirmi niente?»

«Rispetto a cosa?»

«Rispetto all'altra notte.»

Volevo cercare di essere disinvolta e prenderlo in castagna.

«Ti ho raccontato quello che è successo.»

A quel punto si alzò e mi venne vicino, troppo vicino. Indietreggiai e lui venne verso di me, allora indietreggiai ancora e lui avanzò. Non sapevo più dove andare, prima o poi la stanza sarebbe finita.

«Tu ancora non ti fidi di me.»

Lo aveva detto con un tono duro, che non ammetteva repliche.

Ecco. Altro che castagna.

«Chi, io? No, scherzi?»

Avrei voluto sussurrarlo come aveva fatto lui, ma mi era uscito un rantolo acuto.

Tossii schiarendomi la voce: «Intendevo dire sì, certo che mi fido».

Che voleva fare? Strangolarmi?

Indietreggiai ancora di più e presi dentro una mensola facendo cadere una cornice.

«*Le muerte.*»

«Stregatti, sei un terremoto.»

Almeno avevo creato un diversivo. Aveva ragione Federico, avevo un problema serio.

«Scusa. Raccolgo.»

E mi chinai rimuginando sulle mie psicosi.

«Non fa niente, Stregatti, non fare quella faccia. La cornice si ripara, ci penso io.»

Si era inginocchiato anche lui, il viso si era disteso.

«Attenta che ti tagli col vetro.»

Ma io non lo sentivo. E come avrei potuto? La sua presenza come al solito aveva impegnato tutti i miei sensi, almeno quelli che erano rimasti vivi. Era vicino, troppo vicino. Quando faceva così io non riuscivo a ragionare con lucidità.

Mi rialzai di scatto e veloce come una lepre, almeno così mi parve, allungai un braccio e spalancai la porta che a quel punto era a un passo da me.

«Mancava l'aria.»

«Non mi sembrava.»

«Dunque è arrivata una mail dai cinesi, te l'ho stampata e messa sulla scrivania.»

«Che cosa dicono?»

«Non capisco molto il linguaggio legale, ma se vuoi te la ripeto a memoria.»

Sorrise.

«Comunque a me sembra che abbiano accettato le tue richieste e che siano disposti a comprare.»

Si passò una mano tra i capelli. Non aveva corso quella mattina, forse per la prima volta da quando si era insediato in azienda. Che vita conduceva? Da dove veniva e soprattutto dove andava quando usciva dall'ufficio?

«Convocami Sofia e il suo staff per questo pomeriggio.»

«Non puoi, oggi hai il pranzo con Tondelli e poi il giro della fabbrica.»

«Dopo, Stregatti, intorno alle cinque e mezza. Vorrà dire che sarà un giro veloce.»

«Ok.»

Quindi? Potevo andare? Allora perché non riuscivo a muovermi?

«Che altro c'è?» mi chiese.

Appunto.

«Volevo sapere... volevo sapere che cosa succederà adesso.»

Fece un profondo respiro: «Siediti, Stregatti».

Ubbidii, come sempre.

«Succederà che i cinesi compreranno una parte dell'azienda, la parte sana. Non appena firmeremo il contratto alcune persone verranno licenziate, altre potranno restare.»

«E in base a quale criterio sceglieranno le persone da mandare via e quelle che invece continueranno a lavorare qui?»

«Non saranno loro a scegliere, ma io. Ai cinesi verrà consegnata un'azienda ripulita. Fa parte degli accordi.»

«Va bene, allora tu come sceglierai?»

«Queste non sono cose di cui ti devi occupare.»

Rimasi di stucco.

«Ti starai domandando come faccio a fare quello che faccio, giusto? È il mio lavoro, che ti piaccia o meno. Se non hai altre domande...»

«No.»

«Puoi andare allora.»

Mentre uscivo con la coda dell'occhio notai una busta appoggiata al muro, era nascosta dietro la cornice che avevo rovesciato. Come mai mi era così familiare?

Tornai alla mia scrivania un po' scombussolata.

Non sapevo mai che cosa aspettarmi da lui. Avevo bisogno di fare chiarezza e chiamai nonna. Non l'avevo ancora fatto dal viaggio a Parigi e la aggiornai su Ristori. Volevo assolutamente sapere che cosa avrebbero detto le carte. Mi rispose che ancora non era riuscita a vedere niente ma che avrebbe continuato a indagare. E la cosa mi sembrava molto strana, non era mai successo prima d'ora. Anche lei era stupita. Poi le chiesi delucidazioni sui due o tre cristiani di cui mi aveva parlato, ma non ne cavai fuori molto. Le apparivano ancora e si sovrapponevano. Erano due, forse tre, ed erano doppi.

«E sì, mò sono sei!»

«Eh!»

«Nonna, senti. Perché non sono bella? Quando ero piccola te lo chiedevo sempre e tu mi rispondevi che lo ero. Mentivi.»

«*Arrète!*»

«Sì, sì, *arrète, arrète.*»

«*La bellézze ié ccome o ffiore: picche cambe e ssubete more.*»

«Se mi dici che la bellezza campa poco e poi muore vuol dire che pensi che io non sia bella.»

«*Uh, sempre a chiangere stai a nonnona?*»

Riattaccai sconsolata proprio nel momento in cui Galanti entrava nella mia stanza.

«Ho pensato che forse è meglio se vieni con me.»

«Dove?»

«A pranzo e poi a fare il giro della fabbrica.»

«C… chiamo il ristorante, allora.»

«Cos'hai, Stregatti? Mi sembri bianca come un morto.»

In effetti da quando ero uscita dalla sua stanza non riuscivo a riprendermi. Le cose che mi aveva detto, il modo in cui me le aveva dette mi avevano turbato.

«Mi starà venendo l'influenza. Sta girando in questo periodo.»

«Fammi vedere» e si sporse fino ad arrivare a un centimetro dal mio viso. Allungò il braccio e mi mise la mano sulla fronte. «Mmm… sei fresca come una rosa, prenditi un'aspirina questa sera. Cerchiamo di finire presto.»

Fu una giornata infernale, altro che. Galanti non mi aveva lasciato il tempo neanche di andare al bagno. Era stato insopportabile con tutti, con il capo della produzione durante il pranzo e con gli operai dopo. Eravamo andati al sushi di corso Garibaldi vicino all'ufficio, considerato uno dei migliori di Milano. Questo voleva dire porzioni costosissime composte da un'alga e due chicchi di riso.

«Stregatti, ti piace lo zenzero?» mi chiese non appena arrivarono i piatti.

«Molto.»

«Allora prendi il mio per favore, non riesco neanche a guardarlo.»

«Io odio il wasabi.»

«Non ti piace?»

«Mi fa orrore» e gli allungai il piatto.

Dopo questo breve scambio di battute, non mi rivolse più la

parola. Tutta la sua attenzione si concentrò sul povero Tondelli. Lui aveva portato i suoi fogli Excel a cui Galanti non sembrava affatto interessato, piuttosto gli parlò dei bilanci, gli fece capire molto chiaramente che erano stati fatti dei gravi errori e che l'azienda andava risanata partendo proprio da lui e dal suo staff. Parlava dei costi delle spedizioni, diceva che soprattutto lì c'erano stati degli esuberi inspiegabili. La nuova produzione di assorbenti alla lavanda aveva avuto una spesa eccessiva rispetto ai ricavi. Io riuscivo a capire poco o niente, ma mi sentivo morire per Tondelli che sudava in modo copioso e continuava a mostrare i suoi fogli, come a voler dimostrare che aveva solo eseguito degli ordini e che a lui i conti erano sempre tornati. Alla fine del pranzo il povero Tondelli era devastato e probabilmente dimagrito, io stavo morendo di fame.

Come promesso, invece, il giro della fabbrica durò poco. Si presentava ai capistruttura ma non concedeva loro più di due parole e pretendeva che io gli stessi sempre attaccata. Non che la cosa mi dispiacesse, ma la sua vicinanza mi rendeva instabile fisicamente. Presi due storte e inciampai nei macchinari e lui era sempre lì, pronto a non farmi cadere.

«Stregatti, qui c'è un rullo compressore, vedi di non finirci dentro.»

«No no.»

Quando tornammo in ufficio ero stremata, anche perché la fabbrica si trovava lontana rispetto al centro, mentre lui era sempre più cupo. Adesso ci sarebbe stata la riunione con Sofia e i suoi collaboratori. Sarei potuta esserci anche io tra loro.

Alle cinque e mezza li vidi sfilare davanti a me, sembravano dei condannati pronti alla fucilazione. Galanti li fece accomodare e poi si avvicinò a me.

«Vorrei che andassi a casa.»

«Come?»

«Hai capito benissimo.»

«Non hai bisogno di me?»

«No.»

«Mi preparo, allora.»

«Vai, vai... anzi no forse c'è qualcosa che puoi fare.»

«Cosa?»

«Faresti la felicità della tua amica, Theresa Page.»

Si accorse che aveva tutta la mia attenzione.

«Ho l'invito per un party molto esclusivo a cui come immaginerai non posso andare, non so quanto durerà la riunione. Se potessi presenziare al posto mio, è per due e ci saranno moltissimi giornalisti.»

«Sì certo, grazie.»

«L'aperitivo è alle sette ma puoi andare anche solo alla cena, che comincerà più tardi. Vado a prenderti l'invito.»

Lo vidi entrare in ufficio e riapparire dopo qualche secondo con una busta.

Pensavo a Sofia e agli altri, chiusi là dentro, in attesa.

«Sei sicuro che non devo rimanere?»

«Ho detto vai.»

Deglutii e abbassai la testa, quando la risollevai era scomparso.

Chiamai Maurizio al suo interno.

«Vuoi ancora vendere il tuo fidanzato per l'invito al party più esclusivo di Milano?»

«Ovvio.»

«Allora preparati a vivere senza di lui perché stasera ti ci porto.»

«Stai scherzando?»

«Affatto. Ma Mauri, qualsiasi persona te lo dovesse domandare non sei entrato con me, non mi conosci. Poi ti spiego.»

«Tesoro, non occorre, avrei detto di non conoscerti comunque.»

«Benissimo. E perché, scusa? Va bene, non lo voglio sapere. Ci vediamo lì davanti alle nove.»

«Sarò puntuale come un orologio svizzero.»

Diciotto

Incrociai Letizia sul ballatoio, era seduta sul suo solito sgabellino davanti alla porta d'ingresso.

«Che si dice nel palazzo?»

«*Belìn*, solite storie, se non vengono a sistemarmi la connessione Internet mi toccherà trasferirmi qui fuori. La nostra Patty Pravo ormai vive con lo stesso ragazzetto da più di una settimana.»

«L'avrà adottato, che dici?»

«Probabile. Beata lei, almeno potranno vivere nella legalità, non appena l'incesto verrà approvato in Italia. Mentre la tua vicina ha di nuovo chiamato i carabinieri.»

«*Madò*, perché?»

«Dice che le sono entrati i ladri in casa.»

«Un'altra volta? Che cosa potranno mai rubarle? Le forcine per capelli? Senti non è che mi presteresti il tuo vestito a tutù?»

«Perché?»

«Ho una cena importantissima.»

«Non me lo rovinare però, sai che ci tengo.»

«Figurati.»

«Potresti cadere in un burrone, incendiarlo con una candela, ungerlo col grasso di balena. Sai che ti voglio bene, ma metteresti a dura prova il mio affetto per te. Come è andata oggi? Ristori è un agente del Mossad?»

«Galanti.»

«Ora hai deciso che non è più Ristori?»

«Sì sì, è sempre lui, ma sta usando un altro nome. Sono molto confusa, in certi momenti penso che sia l'altra metà della mela, quella che si è mangiata mia nonna, altre volte invece credo sia un serial killer.»

«Ex galeotto.»

«Va beh, è uguale.»

«Eh no, fa una certa differenza, il serial killer è un seriale appunto, il galeotto colpisce a caso. Prendi il vestito e sparisci.»

«Grazie.»

Entrai in casa e iniziai a prepararmi con calma. Sciolsi i capelli, Maurizio sarebbe stato contento. Odiavo i miei ricci neri, quando ero piccola nonna mi impediva di portarli legati perché diceva che quei boccoli un giorno avrebbero fatto prigioniero un uomo. In realtà sembravo una gorgone e di uomini prigionieri neanche l'ombra.

Comunque, ero pronta a uscire. Presi il cellulare e solo in quel momento ripensai più chiaramente alla notte a Parigi. Avevo scattato delle foto e me ne ero completamente dimenticata per la paura di essere rapita dall'uomo della macchina. Scorsi le immagini, Luigino appena nato, Luigino con la tutina che gli avevo regalato, Luigino dal pediatra, Federico e Letizia sui Navigli, nonna e ancora Luigino. Eccole, finalmente, le foto di Galanti e dell'uomo davanti al pub. Erano buie e loro sembravano due puntini sfocati.

Basta, dovevo andare alla cena e occuparmi della vita reale. L'invito? Lo cercai nella borsa, sul tavolo, in bagno, niente. Lo avevo lasciato di sicuro sulla mia scrivania. E adesso? Sarei dovuta tornare in ufficio e non ne avevo alcuna voglia. Se ci fosse stata ancora in corso la riunione? Non volevo farmi vedere. Guardai l'ora, potevo tergiversare ancora un po'.

Andai da Letizia e dopo due bicchieri di prosecco e un muffin, prenotai un'Enjoy.

Parcheggiai in garage e la lasciai in pausa, per evitare che qualcun altro potesse prenotarla. Forse non c'era più nessuno, in fondo erano quasi le nove. Come entrai nella mia stanza, mi accorsi subito che Galanti era ancora lì, la luce filtrava attraverso la porta. Mi avvicinai cercando di non fare rumore, stava parlando al telefono.

«Sono stato costretto ad accelerare tutto, Giorgia.»

Giorgia?

«Non ti preoccupare, non la perdo d'occhio.»

Arretrai. Ce l'aveva con me?

«Sono preoccupato. Che cosa? Non scherziamo. Mi manchi anche tu, ma tra poco sarà tutto finito.»

Chi tt'è muerte!

Indietreggiai. Oddio, l'avevo detto ad alta voce?

Corsi alla scrivania, afferrai la busta e mi precipitai giù in garage. Gli mancava questa Giorgia? Era fidanzato allora? E perché quel nome non mi era nuovo? Che cosa voleva dire con "tra poco sarà tutto finito"? Avevo il cuore in gola e mentre mi avvicinavo all'Enjoy con la coda dell'occhio mi sembrò di scorgere una macchina identica a quella di Parigi. Era ufficiale, stavo diventando pazza. Presi le chiavi, aprii la mia e mi infilai dentro.

Accesi la radio. Uh, la colonna sonora di *Dirty Dancing*, che meraviglia.

Stavo per metterla in moto quando qualcuno bussò sul vetro. Feci un salto e sbattei la testa sul tettuccio.

Poi lo sportello si spalancò.

Ero morta. Non avevo il coraggio di vedere chi fosse. Chiusi gli occhi e aspettai.

«Ehi, terremoto, che fai? Dormi in macchina?»

«C… come?»

«Su, spostati e fammi guidare.»

«Galanti? Mi hai spaventata a morte.»

Perché era in garage? Si era accorto che lo avevo ascoltato? Mi aveva seguita?

«Dai che siamo in ritardo.»

Mi spostai agilmente dalla parte del passeggero.

«Attenta alla leva del cambio, Stregatti.»

Molto agilmente, appunto.

«Non puoi guidarla tu, è a noleggio! E in ritardo per cosa, scusa?»

«Per la cena.»

Accese il motore e partì.

Per la verità sgommò e il contraccolpo mi fece sbattere la schiena contro il sedile.

Imboccammo la circonvallazione a tutta velocità.

«Non siamo così in ritardo!»

«In ritardassimo. Ma che razza di musica ascolti?»

«*Dirty Dancing*! "Nessuno può mettere Baby in un angolo". Un momento, stai venendo anche tu alla cena?»

«Sì.»

Oddio, e ora come facevo con Maurizio?

«Scusa, non ti offendere ma cambio stazione.»

«Eh, però.»

«Mi sto affezionando a te, Stregatti, ma i tuoi gusti musicali sono orribili. Perché sei tornata in ufficio?»

«Avevo dimenticato l'invito.»

Notai che guardava in continuazione lo specchietto retrovisore.

«Com'è andata la riunione?»

«Non ne voglio parlare.»

«Va bene. Allora chi è Giorgia?»

Ma che avevo nel cervello? Perché non contavo fino a dieci prima di parlare?

«Giorgia? Non so, perché me lo chiedi?»

Già e adesso? Che cosa potevo rispondergli? Che avevo origliato la sua conversazione?

«Forse ti riferisci a Giorgia Gandini del reparto spedizioni, sta combinando un gran casino, non la devo perdere d'occhio neanche un minuto.»

Giorgia Gandini in effetti era la responsabile del reparto spedizioni, però non credevo fossero così intimi. Dovevo ripensare bene alla conversazione. Insomma la memoria era la mia specialità e raramente prendevo un abbaglio.

«Non vedo l'ora di conoscere Theresa Page!»

«Come?»

«Theresa Page, la tua amica.»

Oddio santo e adesso?

Ma perché correva in quel modo? Stavamo girando *Fast and Furious*?

«Vai piano! Chi sei? Vin Diesel?»

Facevamo le curve praticamente su due ruote.

«È una povera Cinquecento, non puoi guidarla in questo modo!»

«Dovrebbero gonfiare di più le ruote, non senti che stridono?»

«Sento, sento.»

«Segnalerei il problema se fossi in te.»

«Va bene, ma ora potresti rallentare? Attento, attento al motorino!»

«L'ho visto.»

«Mi sento male, ora vomito.»

«Respiri lunghi e profondi. Abbassa il finestrino, per sicurezza.»

C'era qualcosa che non quadrava. Mi voltai per cercare di capire che cosa lo stesse spaventando a quel modo, perché era evidente che stavamo scappando da qualcuno, ma non ci riuscii. Stava correndo troppo.

«Guarda avanti, altrimenti poi dici che ti senti male.»

Mi rassegnai ad andare incontro alla morte.

Arrivammo sul Naviglio Pavese in poco più di dieci minuti e quando scesi dalla macchina mi girava la testa. Mi appoggiai al cofano e Galanti si materializzò dietro di me, cingendomi la vita.

Maledette maniglie dell'amore! Che poi perché le avevano chiamate così? Non aveva senso.

«Mi viene da vomitare.»

«Ora ti passa» sussurrò. «Ti ho detto di fare dei respiri profondi. Ecco, brava, così.»

Istintivamente mi appoggiai a lui.

Sentivo il suo corpo contro il mio e la cosa mi piaceva da matti.

«Va meglio?»

La sua domanda mi riportò brutalmente alla realtà.

«Sì, grazie» e mentre lui continuava a guardarsi intorno, mi girai e vidi Maurizio appoggiato al portone della casa dove stavano dando la festa. Si stava sbracciando per farsi notare.

«Allora direi di andare. Fatti guardare un secondo, sei bella, terremoto, sei proprio bella.»

Arrossii e sperai non se ne accorgesse.

«Sei diventata un peperone.»

Appunto.

«Sì beh, non è facile ricevere complimenti.»

«Dovrebbe esserlo.»

«Non ci sono abituata.»

«Bisognerà rimediare. Allora? Questa Theresa Page?»

Non so che cosa mi passò per la testa, ma lo feci.

«Eccola!» gridai indicando il povero Maurizio che continuava a gesticolare.

«Vuoi dirmi che il ragazzo del marketing è in realtà Theresa Page?»

«Sì, però tu non gli dire niente, ci tiene a mantenere il suo anonimato.»

«Ci credo, questa proprio non me l'aspettavo.»

Mi prese per mano e mi trascinò verso il portone dall'altra parte della strada.

Mentre mi voltavo per controllare l'Enjoy, vidi la stessa macchina che avevo notato in garage parcheggiare lì a fianco e spegnere il motore. Nessuno scese dall'auto. Mi voltai di nuovo, sperando di cogliere qualcosa. Niente.

«Che succede, Stregatti? Hai un tic nervoso?»

«No, perché?»

«Mi era sembrato. Eccoci arrivati, lei deve essere Maurizio, non abbiamo ancora avuto modo di conoscerci.»

«Sì, sono io.»

«Bene, possiamo salire.»

Ed entrammo.

«Volevo ringraziarla per l'opportunità, adoravo l'idea di poter partecipare a questa festa.»

«Lo immagino, ma non deve ringraziare me» e mi fece l'occhiolino. «Chissà quanti spunti interessanti per il suo lavoro, giusto?»

«Spunti?»

Maurizio era visibilmente confuso, come dargli torto.

«Sì, spunti, idee, dovrà faticare parecchio per farsi venire in mente sempre cose nuove. Che poi, diciamocelo, alla fine in quel campo lì ci si può girare intorno finché si vuole, ma c'è poco margine per la creatività, non le pare?»

Io non sapevo dove guardare, povero Maurizio.

«In verità c'è sempre parecchio margine» gli rispose.

«Ah sì?»

«Eccome, poi il mio compagno mi aiuta.»

Gesù mio bello.

«E siamo entrambi molto fantasiosi.»

Addio a *sande Necòle*.

«Interessante.»

Si aprirono le porte dell'ascensore ed entrammo direttamente in casa.

«Eccoci arrivati. Stregatti, stai lontana dall'alcol.»

«Certo» risposi e mi allontanai in cerca del vino.

La serata si presentava molto difficile e non c'era altro modo per superarla.

Maurizio si era lanciato nella mischia, io mi ero lanciata sul buffet che questa volta non aveva nulla da invidiare alle cene di mia nonna. Risotti di ogni tipo, tra cui uno al melograno su cui mi accanii in particolar modo, bocconcini di pollo, polenta, verdure e affettati. Dopo un po' passai ai dolci e solo allora, con nel piatto uno splendido Mont Blanc, mi avvicinai a Galanti che stava conversando con un uomo.

«Stregatti, dove eri finita? Voglio presentarti Arturo Rosati, il responsabile della cronaca del Corriere della Sera.»

«Tanto piacere.»

«Bene, vi lascio soli. Scusate ma ho visto una persona che devo assolutamente salutare.»

Mi voltai verso Rosati e gli sorrisi. E ora? Che cosa gli potevo dire?

«Galanti mi stava raccontando che lei ha frequentato due master in giornalismo e che parla cinque lingue.»

«Beh sì.»

Iniziammo a conversare e mi sentivo stranamente a mio agio.

Peccato che a un certo punto toccai con la lingua l'arcata superiore del palato e mi accorsi che mi mancava un dente. O meglio il perno che mi avevano impiantato era scoperto. Ammutolii improvvisamente.

«Si sente bene?»

«No» mormorai con la bocca chiusa.

«Come?»

«Scusi mi allontano un momento» e con il piatto in mano iniziai a vagare senza direzione per la casa in cerca del dente. Dove poteva essere caduto? Guardai sotto i cuscini del divano. Niente. Sollevai il tappeto. Niente. Mi diressi verso il tavolo del buffet e cercai di sbirciare nei risotti. Non poteva essere successo davvero, lo avevo pagato duemila euro.

«Ha perso qualcosa?» mi chiese una signora.

«No no» risposi, sempre con la bocca chiusa.

Osservai il piatto, il Mont Blanc era ancora lì, ricoperto da strati di panna. Rovistai con la mano, poi mi resi conto di quello che stavo facendo e mi diressi in bagno.

Mi chiusi lì dentro e affondai le mani nella panna. Bingo! Il dente era lì. Lo sciacquai e lo nascosi nella borsetta. Mi guardai allo specchio e aprii la bocca. Ok, pensavo peggio. Non dovevo sorridere, né parlare sguaiatamente. Per fortuna l'impianto era in fondo ma se avessi sorriso si sarebbe visto il buco nero. Dovevo andare via da lì subito.

Aprii la porta e mi trovai davanti Maurizio.

«Tesoro, guarda che non te lo rubano mica il dolce.»

«Ah, per il piatto dici? No, non è come pensi. Mi è crollato il ponte.»

«Che ponte? Avevi messo il cotone nel reggiseno?»

«Ma no, guarda!» e aprii la bocca.

«Oh mamma santa! Richiudila immediatamente.»

«Si vede tanto?»

«No, però tu tienila chiusa. Sembrerai anche più interessante.»

«Va bene.»

In quel momento si avvicinò Ristori.

«Stregatti, ti sei chiusa in bagno con il piatto? Avevi paura che te lo rubassero?»

«Mmm...»

«Che cosa ti è successo?»

«È molto stanca» intervenne Maurizio. «E quando è stanca fa così, ammutolisce.»

«Me ne ricorderò. Vuoi venire con me? Sto andando e se vuoi ti do un passaggio in taxi.»

«Mmm...»

«Era un sì?»

Annuii.

Salutammo tutti ed entrammo in ascensore.

«Ti sei divertita?»

«Mmm...»

«Ok, va bene. Che problema c'è?»

Mi misi una mano davanti alla bocca: «Niente, sono solo un po' stanca».

In strada Ristori chiamò il taxi.

«Non ci credo, tu stai pensando a qualcosa.»

A quel punto si avvicinò ancora di più, ero con le spalle al muro.

«Ascolta, Stregatti, ho bisogno di parlarti, ci sono delle cose che...» e allungò una mano per accarezzarmi la guancia.

Ero inchiodata al suolo. Chiusi gli occhi e piegai il viso per andare incontro alla sua mano.

Poi mi ricordai del dente e strinsi la borsetta.

«Ma che cosa hai?»

«Niente. Guarda, è arrivato il taxi.»

In auto non scambiammo una parola. Non potevo credere che il momento più bello della mia vita era stato rovinato da un ponte.

Scesi dal taxi come un fulmine, lasciando Ristori di sasso. Mi precipitai a casa e misi il dente sul comodino. Domani mattina avrei dovuto risolvere anche questo problema. Proprio una bella serata.

Diciannove

Mi svegliai di soprassalto prima che suonasse la sveglia.

Avevo fatto un sogno terribile. Mi trovavo in ospedale, ma non era un ospedale normale, era una clinica psichiatrica. Io ero Carrie Mathison, o meglio tutti credevano che lo fossi, in realtà non era affatto così. Ero io.

«Procediamo con l'elettroshock» stava dicendo un uomo con il camice bianco.

«No, no! Io sono Penelope Stregatti. Perché mi fate questo?»

«Lei ha mentito, Carrie, e noi lo sappiamo.»

Chi aveva parlato? Una donna? Perché non riuscivo a vederla?

«Mentito? Mentito su cosa? E non sono Carrie Mathison.

Lei lavora alla CIA, ha una storia con Brody.

Io non conosco Brody e non lavoro alla CIA! Poi non ci somigliamo per niente.»

«E allora chi è Theresa Page?» mi domandò con sarcasmo la donna, finalmente apparendo alla mia vista. La conoscevo? Perché mi sembrava un viso noto?

«Theresa Page?»

«Sono stato costretto ad accelerare tutto,» intervenne l'uomo «non l'ho persa di vista un attimo, eppure...»

«Presto sarà tutto finito» concluse lei. E mentre lo diceva si chinava su di me, pronta ad accendere gli elettrodi.

«Mi sei mancata» disse il dottore rivolto alla donna.

A quel punto mi svegliai gridando e scalciando.

Spalancai gli occhi e la prima cosa che vidi fu il soffitto del mio soppalco, la seconda, il dente sul comodino. Ero a casa, nel mio letto. Dio, che incubo terrificante.

Scesi le scale e andai in bagno a sciacquarmi la faccia. Aprii la bocca, il perno in titanio da duemila euro spuntava in tutto il suo splendore. Lo maledissi, poi mi venne in mente un nome.

Giorgia Affori. Giorgia Affori? Ecco chi era la dottoressa del sogno, l'avvocato che aveva raggiunto Ristori in ospedale. Ma perché l'avevo sognata? Che senso aveva?

Quelle frasi io le avevo già sentite, le aveva dette Galanti parlando al telefono con una certa Giorgia. Una coincidenza? No, non poteva essere.

Non stavo diventando pazza, c'era davvero qualcosa di misterioso in quell'uomo e non aveva niente a che vedere con il suo lavoro. E la mia non era semplice paura dell'amore, come sostenevano i miei amici. Per carità, c'era anche quello, ma non solo.

Mi misi seduta sul divano con carta e penna e cominciai a riepilogare tutto quello che mi era successo fino a quel momento. Scrissi punto per punto e in ordine cronologico gli avvenimenti.

1. Ho investito Alberto Ristori rompendogli una gamba ma lui è scomparso insieme al suo avvocato Giorgia Affori.
2. In ufficio è arrivato il nuovo consulente, Riccardo Galanti. Identico ad Alberto Ristori.
3. Nonostante la mia insistenza, lui ha negato di essere Ristori.
4. A Parigi l'ho seguito in un pub dove si è incontrato con un uomo.
5. Quell'uomo gli ha passato una busta che poi ho visto nel suo ufficio.

6. Ho scattato delle fotografie.
7. Mentre scappavo, un russo (?) molto insistente ha cercato di darmi un passaggio.
8. A Parigi e poi in ufficio ho ascoltato un paio di conversazioni di Galanti, una con una certa Giorgia. L'ho sentito parlare di un piano e poi lui le ha detto che le era mancata.
9. Alberto Ristori e Riccardo Galanti sono la stessa persona e amano Giorgia, che forse è Giorgia Affori, l'avvocatessa dell'ospedale.

Quest'ultimo punto lo sottolineai più volte perché di tutto quello che avevo scritto mi sembrava la cosa più importante.

Domande:

1. Perché una persona doveva prendere l'identità di un'altra? Per nascondersi?
2. Se con la mia insistenza mi fossi messa in mezzo a qualcosa rovinando dei piani?
3. Quali erano questi piani?
4. Che significato potevano mai avere i disegni che Ristori aveva tatuati sul polpaccio?
5. Ce li aveva anche Galanti?
6. Qual era il contenuto della busta? (recuperarlo)
7. Chi era l'uomo con cui Galanti si era incontrato?
8. A Galanti era mancata Giorgia.

Anche questo lo sottolineai.

Quando suonò la sveglia io ero ancora sul divano che cercavo di unire i punti e la parola "Giorgia" era cerchiata in diversi colori. Avevo anche bucato il foglio.

Mi vestii velocemente e mi precipitai dal dentista.

Venti

Con il dente riavvitato al perno e gli appunti davanti agli occhi, ero seduta alla mia scrivania.

Galanti era chiuso in ufficio e io stavo cercando di escogitare un piano per andare a curiosare nella busta. Durante la sua corsa mattutina? In pausa pranzo?

Mentre ero in bagno a riflettere, avevo sentito entrare Lavinia e Costanza.

Stavano parlando di me e di Galanti.

«Quello ci sta facendo fuori tutti, uno a uno.»

«Che grande stronzo.»

«E Penelope? Con quella sua aria da cane bastonato? Te l'avevo detto che non c'era da fidarsi di lei. Ma l'hai vista? Sembra il suo cagnolino.»

«Povera Sofia, è una donna distrutta.»

«Senti ammettiamolo, anche lei è una grandissima stronza, se lo merita quello che le sta capitando, ma noi? Che cosa c'entriamo noi?»

«Abbassa la voce.»

Avevo smesso di respirare, come nell'armadio, solo che adesso quello che stavo ascoltando non mi piaceva. Eravamo entrati nella fase due, l'odio.

«Che bella borsa, dove l'hai comprata?»

«In via Solferino. Hanno aperto un negozio strepitoso, devi assolutamente andare. Ma sei dimagrita o sbaglio?»

«Lo stress e la dieta vegana.»

Le sentii uscire e sgattaiolai fuori.

Mi sembrava di essere tornata alle elementari, solo che lì non c'era Modestina che appiccicava Big Babol tra i capelli di Celeste e che faceva a botte per difendermi. Mi rituffai sugli appunti, se non fossi riuscita a trovare un modo per guardare nella busta non avrei saputo come proseguire le mie indagini.

E le foto che avevo scattato? Presi il cellulare, mi spedii le immagini all'indirizzo di posta e le scaricai per ingrandirle. Avvicinai il viso allo schermo, ma non si vedeva nulla di particolare.

No, un momento, l'uomo con cui stava parlando Galanti lo avevo già visto da qualche parte. Ingrandii l'immagine fino a sgranarla. Tornai indietro. La ingrandii di nuovo. Dovevo trovare la dimensione giusta per riuscire a vederla meglio nonostante fosse troppo buia.

Come poteva essere? Non era possibile! Guidieri? Ma era una scoperta pazzesca. Perché Galanti avrebbe dovuto incontrarsi con lui, di nascosto? A Parigi, poi?

Mi accasciai sulla sedia trionfante, nel momento esatto in cui un fattorino entrò nella mia stanza con una pianta gigante.

«Devo consegnarla a Penelope Stregatti. Mi hanno mandato qui.»

«Sono io.»

«La metto a terra?»

«Sì, grazie.»

Mi alzai. Ero emozionatissima. Non avevo mai ricevuto dei fiori, figuriamoci una pianta. Alcuni bulbi, di un rosa scintillante, erano sbocciati, altri invece dovevano ancora aprirsi. Rimasi senza parole a contemplarla.

«Non vogliamo scoprire chi te l'ha mandata?»

«Come?»

Mi girai di scatto e trovai Galanti, appoggiato alla parete e con le braccia conserte.

«Sì, certo. Ci dovrebbe essere un biglietto. Eccolo.»

Lo aprii in fretta.

«È di Bo» esclamai.

L'espressione di Galanti era impenetrabile.

«E che cosa dice?»

«Mi ringrazia per il lavoro svolto e mi invita a Hong Kong da lui.»

Figuriamoci, ero riuscita a mala pena ad arrivare a Parigi.

«Ti ci vorrà più di un Bloody Mary per arrivare fino a lì.»

Appunto.

«Sono fiori di pesco,» proseguii «scrive che in Cina rappresentano la bellezza femminile. La bellezza femminile?»

Lo guardai e arrossii. «Forse ho letto male.»

«Non credo proprio. Dice altro in proposito?»

«Sì. Tradizionalmente viene comprata durante il Capodanno cinese da chi vuole trovare l'amore.»

Ecco, ora la gaffe era completa. E chi avrebbe dovuto trovare l'amore? Io o Bo?

Praticamente come per san Nicola. Che cos'era? Un invito a trovarmi un uomo anche da parte della Cina? Mia nonna aveva chiamato anche loro?

Alzai gli occhi verso di lui.

«Non ho capito molto bene.»

Sorrise.

«Ah, Stregatti. Bisognerebbe rimandarti a scuola.»

«Eh?»

«Esco per un'oretta.»

«Va bene.»

Poggiai il biglietto sulla scrivania che era un cumulo di fogli e stampate.

«Aspettami per il pranzo.»

«Sì» risposi, forse con troppo entusiasmo, un po' perché poteva essere l'occasione giusta per sbirciare nella busta, un po' perché sembrava un invito.

«Magari ci prendiamo un sushi, che dici?»

Era davvero un invito.

«Mi sembra perfetto.»

«Mangiamo nel mio ufficio, ho un paio di cose da dirti. E mentre sono via, cerca di non combinare troppi casini.»

«Ce la metterò tutta.»

«Noto con piacere che ti è tornato il sorriso. Ieri mi hai fatto preoccupare.»

«Ero solo stanca.»

Mi incupii. Ero talmente presa dal mistero "Galanti" che, se non mi avesse fatto notare come si era conclusa la serata, non mi sarei mai ricordata di avere perso un momento importante. Quando si era avvicinato stava per dirmi qualcosa. Mi aveva accarezzato una guancia, potevo ancora sentire il suo calore. E, per colpa di un dente, lo avevo allontanato. Troppe cose a cui pensare. La mia vita stava cambiando a una velocità inaudita, non riuscivo a starle dietro. Nel giro di poche settimane ero andata a Parigi, mi ero innamorata e avevo commesso più di una pazzia. A un ritmo del genere avrei potuto anche rifarmi le tette.

Aspettai che uscisse e con grande disinvoltura entrai nella sua stanza. Inciampai solo un paio di volte, senza contare la botta del mio alluce contro lo spigolo della porta.

Spostai la cornice e la busta era là. Mi sentivo come quando, da piccola, nonna e mamma mi venivano a chiamare per dirmi che erano arrivati i regali di Babbo Natale.

Era aperta, per fortuna. Non avevo proprio preso in considerazione l'eventualità che potesse essere chiusa. C'erano dei fogli, tanti fogli. Uno era l'elenco dei dipendenti di tutta l'azienda, c'ero anche io, accanto ad alcuni nomi c'era un asterisco, accanto ad altri no. E l'asterisco riportava a un altro elenco di conti e fatture per cui le persone segnalate erano considerate responsabili, Sofia, Tondelli, Pacifico Frizzante e altri che avevo solo sentito nominare. Io e Maurizio eravamo senza asterisco. Gli altri fogli erano incomprensibili. Dovevo avvisare Sofia. Quell'elenco era stato fornito da Guidieri? Cioè il nostro ex AD aveva fatto i nomi di chi Galanti avrebbe dovuto licenziare? Non aveva senso. Sistemai la busta, nascondendola di nuovo dietro la cornice, e tornai al mio posto. Presi gli appunti e scarabocchiai delle idee.

Dovevo concentrarmi sui tatuaggi e non potevo aspettare la canasta di Bianca per avere delle risposte. Mi aveva detto che la ricerca di Pantelius era uscita su Focus.

Mi rizzai sulla sedia. Questi erano i rari casi in cui amavo Internet.

Ventuno

Quando Galanti rientrò ero in uno stato di prostrazione totale.

I segreti dei tatuaggi dei criminali russi, l'articolo scritto da Pantelius, parlava chiaro. Gli occhi avevano un significato inequivocabile: "ti tengo d'occhio", riferito agli altri detenuti, o "posso vedere tutto", mentre il pirata con il pugnale tra i denti simboleggiava l'odio verso i prigionieri che collaboravano con le autorità.

A questo punto non c'erano più dubbi.

Chiamai subito Bianca.

«Credo che tu stia diventando pazza. Perché non vieni dal mio psicanalista?»

«Ma se ha avuto un esaurimento nervoso.»

«Che cosa c'entra, è bravissimo e la tua situazione richiede un intervento immediato. Sono preoccupata. Guarda che cosa ti vai a inventare pur di non affrontare una possibile relazione.»

«Relazione? Lui neanche mi vede e tu già parli di relazione.»

«Ma ti stai ascoltando? Sei terrorizzata. A te non va l'idea che questo possa essere una persona normale perché lo renderebbe accessibile. Devi sempre trovare la magagna in tutti quelli che incontri, così li allontani e puoi soffrire tipo Paolina Borghese che, per carità, è molto chic e fa teatro dell'opera...»

«Senti, io so quello che ho visto.»

«O quello che hai voluto vedere. Riepiloghiamo tutto dal mio punto di vista. Hai investito un uomo, un certo Alberto Ristori.

Era buio e tu eri ubriaca. Ti sei anche sentita male. Dopo un mese arriva il nuovo consulente alla Pimpax che ha una vaga somiglianza con Ristori e tu impazzisci. Lo insegui di notte a Parigi, lo importuni in tutti i modi possibili. E fai questo perché non sei capace di relazionarti in modo normale con un uomo che semplicemente ti piace e molto probabilmente non ti ricambia. Benvenuta nel mondo reale.»

«A te fa male frequentare ottantenni.»

«*La giovinezza non è un periodo della vita, ma uno stato dello spirito, un effetto della volontà, una qualità dell'immaginazione* »

«E che è?»

«Samuel Ullman, grandissimo poeta americano. Ah, prima che mi dimentichi, quando vuoi passa in negozio che ho una lampada del Settecento perfetta per te.»

«Un'altra? Non saprei dove metterla.»

«Ma è un Luigi XV.»

«Beh, questo cambia tutto.»

Proprio mentre riattaccavo entrò Galanti.

«È una bella pianta, non c'è che dire,» mi disse «e ti si addice, tenendo conto anche del suo significato.»

«Già, però a Hong Kong non ci vado.»

«Mi togli un peso, credevo stessi preparando le valigie. Allora ordiniamo sushi? O preferisci qualcos'altro donna degli anni '80?»

«No no, il sushi va benissimo.»

Chiamai i cinesi però, quelli almeno ti facevano mangiare qualcosa.

Arrivarono dopo dieci minuti, la prova definitiva che fossero davvero cinesi.

Bussai da Galanti ed entrai.

Apparecchiai sul tavolo rotondo accanto alla sua scrivania mentre lui stava finendo di scrivere una mail. Dopo qualche minuto mi raggiunse. Sorrideva mentre in silenzio mi passava lo zenzero e allungava le bacchette per prendere il mio wasabi.

Non riuscivo a dire una parola. Aveva ragione Bianca? Avevo ragione io? E l'altra sera? Che cosa mi ero persa? Niente probabilmente, ma non l'avrei mai scoperto per colpa del maledetto perno. Per non parlare del contenuto della busta e del significato di quei tatuaggi.

«Sei silenziosa, Stregatti.»

«Sì, no. È che mi stanno succedendo delle cose incredibili in questi ultimi giorni» mi sfuggì.

«In che senso?»

«Insomma con o senza bidet credevo che la mia vita fosse ormai quella.»

«Cosa c'entra il bidet?»

«No, niente, lascia stare.»

Mi guardò come se avesse visto un lanciatore di coltelli mancare il bersaglio, poi si fece serio.

«La vita non è mai lineare, basta un niente per modificarla. Ma bisogna volerlo, non credi?»

«Però è vero che in un attimo si possono perdere delle opportunità, almeno per me è stato sempre così.»

«Stregatti, la vita non è composta di un solo attimo ma di tanti momenti. Sono le scelte che facciamo nei momenti successivi a quell'attimo che possono cambiare tutto.»

Mi ero persa, stava parlando di lui o di me?

«Pensa alla tua lista dei desideri» proseguì. «L'hai scritta quando avevi sedici anni e poi hai scelto di non realizzarne neanche uno. Ma le cose possono cambiare, cara Theresa Page.»

Mi andò il pesce di traverso, cominciai tossire.

«Che c'entra Theresa Page?»

«Ok» si alzò, fece il giro della scrivania e si chinò verso di me.

Aveva messo le mani sui braccioli della sedia e l'aveva fatta girare. Il suo viso era talmente vicino al mio che avrei potuto toccarlo semplicemente allungando una mano.

«Non sono fatti miei, ma scrivere test sessuali non ti aiuterà né a capire se sei una vaginale o una clitoridea, né a farti diventare la giornalista che vorresti essere.»

Ero con la schiena inchiodata alla spalliera e sentivo le pulsazioni del mio cuore nelle orecchie. Che le sentisse anche lui?

Mi schiarii la voce per cercare di darmi un tono e per coprire il suono dei battiti.

«Attenta al riso. Potrebbe andarti di nuovo di traverso» disse alzandosi.

«Era pesce.»

«Cosa?»

«Il pesce mi è andato di traverso, non il riso.»

«Va bene, non cambia molto, non credi?» e mi sorrise.

Il resto del pranzo lo trascorremmo a discutere della strategia da seguire con i cinesi e con il personale. Ormai era chiaro che avrebbero comprato una parte della Pimpax, ci sarebbe stata presto una fusione e Galanti avrebbe dovuto mandare a casa parecchia gente.

A un certo punto mi squillò il telefono, era Luisa Ranieri, la direttrice di Girl Power.

«Scusa, devo rispondere. Pronto?»

«Penelope, ma che fine hai fatto?»

Strillava come un'aquila.

«Noi stiamo andando in stampa con il giornale e tu non hai ancora consegnato il test sulle affinità sessuali! Dobbiamo chiudere.»

Ma perché gridava in quel modo? Appoggiai una mano sul microfono. Ristori aveva sentito?

Mi ero completamente dimenticata del test.

«È quasi pronto» bisbigliai.

«Come?»

«Sì, certo.»

«Sì certo cosa?»

«Tutto ok.»

Cercavo di fare la disinvolta e di non farmi capire da Galanti.

«E allora consegnalo, e subito! E per l'amor del cielo, Penelope, leggerezza. Quello sul punto G era deprimente.»

Ci credo, pensai. Ci mancavano anche le affinità sessuali. E con chi poi? Ma soprattutto, in che modo si scovavano?

Più cercavo di tranquillizzarla, più lei alzava la voce. Voleva che le consegnassi il test entro un'ora e non riuscivo a farle capire che era impossibile. Non ci riuscivo perché in realtà non potevo parlare. Allora provai ad allontanarmi, raggiunsi la finestra, la spalancai e mi sporsi il più possibile. Ero praticamente sulla grondaia.

«Sì, ovvio» continuavo a dirle.

«Ma ovvio cosa? E perché non alzi la voce? Poche scuse. Tra un'ora voglio una tua mail.»

Quando riattaccai, Galanti era accanto a me. Si era affacciato anche lui e mi fissava. Sorrideva e il modo in cui mi stava guardando era così seducente che per poco non feci volare il telefono dalla finestra.

«Allora, Stregatti, vogliamo scoprirle queste affinità sessuali oppure no?»

Chi? Io e lui?

«No, cioè non so che cosa hai sentito ma non è quello che pensi.»

Non smetteva di guardarmi e istintivamente controllai il dente. Era lì, inchiodato.

«Credo di avere capito benissimo e so anche che Theresa Page meriterebbe di meglio, le affinità sessuali e i punti G non fanno per lei.»

«No, infatti.»

«Dovrebbe avere un po' di coraggio, scrivere un pezzo di cronaca e mandarlo ad Arturo Rosati per esempio, quello del Corriere. Sono certo che ne verrebbe fuori qualcosa di buono.»

«Non è facile.»

«Nella vita niente è facile, Stregatti, le cose te le devi guadagnare, ma se non ci provi neanche non lo scoprirai mai. Se avessi di fronte a me Theresa Page, le direi che è una persona di valore, con grandi capacità e che dovrebbe imparare ad avere più fiducia in se stessa. Il vero problema non è fallire, il vero problema è non mettersi neanche nella condizione di poter fallire. Purtroppo però queste cose non le posso dire a lei, ma a te.»

«Ok, lo ammetto. Sono Theresa Page e non ci capisco niente di punti G, affinità sessuali e posizioni migliori per raggiungere l'orgasmo.»

Mi veniva da piangere, peggio di così non poteva andare.

«Queste cose però sono facili da scoprire, non trovi?»

«Dipende» mi scappò e mi coprii il viso con le mani. Sarei voluta sprofondare.

Galanti me le prese, le scostò dalla faccia e se le portò al petto.

«Mia cara Theresa Page,» quasi sussurrò «devi saper scegliere gli uomini giusti ed essere in grado di vederli quando ti si presentano.»

Ecco, non ero in grado di gestire questi dialoghi così sottili, eppure di film ne avevo visti nella mia vita. Ci voleva una battuta a effetto, una risposta pronta che lo colpisse, una di quelle frasi che avrebbe potuto dire una femme fatale.

«Non vedo nessuno nella mia vita.»

Proprio la cosa perfetta da dire in quel momento.

«Guarda meglio» e mi fece l'occhiolino.

In che senso? Dove dovevo guardare? Ero così confusa. Alternava una severità e una durezza incredibili a momenti di sconfinata dolcezza.

«Devo dirti una cosa» mormorò a un certo punto facendomi sussultare.

E se esisteva un Dio di sicuro in quel momento era concentrato da un'altra parte perché squillò il suo telefono. Si ritrasse e rispose.

«Sì, certo,» disse «ora non posso parlare.»

Cercavo di fargli cenno che sarei uscita, ma neanche mi vedeva.

«Le cose sono più complicate del previsto, devo gestire una situazione inaspettata.»

Sapevo che sarei dovuta uscire ma non riuscivo a muovermi.

«Ti chiamo dopo, non ne voglio più parlare, capito?»

Quando riattaccò quasi si stupì di trovarmi ancora nella stanza.

«Credevo fossi uscita.»

«Lo faccio subito.»

Mi precipitai alla mia scrivania con il cuore in gola.

Feci due profondi respiri e chiamai Modestina.

«Penelope, il fatto è che sentimentalmente ti comporti ancora come un'adolescente.»

«Ma Luigino?»

«Dorme.»

«Sicura?»

«Sì. Voglio dire che tu ti innamori ancora con gli occhi, come quando tenevamo sedici anni. Ferdinando era belloccio e non ti voleva, *allor'* sembrava fosse diventato l'unico guaglione al mondo. Ma i rapporti sono difficili, vanno costruiti nel tempo. Non è che io con Benedetto siamo sempre rose e fiori, dopo un po' le palpitazioni se ne vanno a mare e che cosa ti resta? Eh? Di', che cosa ti resta? *Meh*, rispondi.»

«Cosa rispondo?»

«Penelope, di' all'amica tua, dimmelo: questo Ristori ti piace proprio o è solo un altro di quei tuoi amori impossibili?»

«Sei certa che Luigino stia bene? Sento che si lamenta.»

«Sono i rigurgiti. Comunque mi hai capito per quello che volevo dire? *Avaste* con questi amori adolescenziali, basta.»

«Credo di essermi innamorata davvero, Modestina.»

«Bella tu. E allora comportati da donna e fatti conoscere, conoscilo, conoscetevi. Concediti, concedetevi e concedigli del tempo, abbi fiducia in lui. Smettila di pensare che dietro ci stanno le cospirazioni russe, affrontalo e se le cose devono andare, andranno. Ma non voglio più sentire un lamento da parte tua, che qui le cose gravi sono altre, domani Luigino deve andare dal pediatra.»

«Ora sì che si ragiona.»

Ventidue

Era trascorsa più di un'ora da quando avevo sentito la direttrice di Girl Power e non avevo avuto un momento di pace. Avrei dovuto richiamarla, scusarmi e pregare che non fosse molto arrabbiata. Quando finalmente ci riuscii scoprii che invece lo era, e parecchio.

Gridava, diceva che non ero affidabile e che se non avessi consegnato subito il test ci sarebbero state delle terribili conseguenze, terribili per me ovviamente.

«Lo faccio questa sera e te lo mando domani mattina.»

«Domani mattina? Ma sei impazzita? Lo voglio subito.»

«Ma dai è uno stupido test sul sesso, chi vuoi che lo legga?» mi sfuggì.

Non mi era mai accaduto prima di allora.

«È così che la pensi?»

«Non volevo dire questo, mi dispiace.»

«Sai quante ne trovo di ragazze come te? C'è la fila qui fuori.»

«Sì, lo so… pronto? Pronto?»

Aveva riattaccato. Come mai mi sentivo più leggera?

«Stregatti, la tua direttrice ha ragione, non ci applichiamo abbastanza.»

Alzai lo sguardo e mi trovai di fronte Galanti. Da quanto tempo era lì?

«Ho combinato un disastro.»

«Dipende dai punti di vista.»

«Credo tu abbia appena assistito alla morte di Theresa Page.»

«La compiangeranno in tanti.»

«Ne troveranno subito un'altra.»

«Non con un nome così accattivante» e sorrise.

«A me sembrava bello.»

Intanto aveva fatto il giro della scrivania e si era appoggiato con i gomiti sul mio tavolo, accanto a me.

«Possiamo recuperare la situazione, se tanto ci tieni» disse.

«Vuoi fare tu il test?»

«No, ti do dei suggerimenti. A te che cosa seduce in un uomo?»

«Cosa c'entro io? Qui si parla in generale.»

«Sì ma l'esperienza personale conta, giusto?»

Esitai, non capivo dove voleva andare a parare.

«Vuoi sapere che cosa mi seduce in una donna?»

Tossii.

«La timidezza per esempio, la trovo molto seducente.»

«Allora con me staresti benissimo, io sono la regina delle timide,» mi resi conto di quello che avevo detto, mi alzai di scatto e mi affrettai a correggermi «sempre parlando in generale ovviamente.»

Poi come se si fosse ricordato improvvisamente di qualcosa tornò a essere ruvido e si calò di nuovo nei panni del manager.

«Procurami subito le ultime bolle di trasporto degli assorbenti alla lavanda, devo incrociare dei dati.»

«Vado.»

E fui felice di scappare. Scesi nel reparto spedizioni, non ero mai stata in magazzino, era un mondo che non avevo ancora esplorato nonostante lavorassi lì da anni ed ero curiosa. Avrei visto la famosa Giorgia con cui Galanti poteva aver parlato al telefono. Se davvero fosse stata lei, dovevano essere molto intimi.

Non appena la vidi, capii che più che un'eventuale fidanzata di Galanti poteva essere zia Apollonia, la povera moglie di zio Carmelo. Bassa, rotonda e con un punto vita dello spessore del mio scaldabagno. Seduta dietro il bancone neanche si vedeva, spuntavano solo i capelli. Quando le domandai di mostrarmi le bolle si alzò per prenderle, anche in piedi le si vedeva solo la fronte.

Andai nella stanza accanto, il magazzino vero e proprio, e prima di cominciare a scartabellare chiamai la nonna, dovevo raccontarle gli eventi del pomeriggio e come mi sentivo.

«*A Criste disce ca chiove!*»

«Sì, a Cristo dico che piove. Non era scontato che lo amassi o sì?»

«Sì, *cuggie l'acque quanne chiove*, tesoro bello.»

«Che vuol dire che devo raccogliere l'acqua quando piove? Che cosa c'entra?»

In verità il senso lo avevo capito. Dovevo cogliere l'attimo. Ma mica era facile.

Riattaccai e accesi la radio sintonizzandola sulla mia stazione preferita, solo musica anni '80, e lì persi la cognizione del tempo. Mi sentivo lontana dalle tempeste del piano di sopra, era un po' come essere nell'armadio di mia nonna. Ormai Galanti occupava gran parte del mio tempo e delle mie giornate e se anche fosse stato un galeotto andava bene lo stesso. Quello che stava facendo ai miei colleghi era orribile ma era il suo lavoro ed ero certa che non lo facesse con cattiveria.

Come avrebbe detto Letizia *sciûsciâ e sciorbî no se pêu*, soffiare e succhiare non si può.

Non si poteva avere tutto nella vita, bisognava scegliere e io avevo scelto: galeotto, e che non se ne parlasse più.

Un momento, perché le bolle avevano una doppia numerazione? Tutte le spedizioni degli assorbenti alla lavanda sembrava venissero fatte due volte, ma in posti differenti. Come era possibile?

Mi buttai a capofitto nella ricerca cantando a squarciagola *I Just Called To Say I Love You* di Stevie Wonder, coprendo l'originale che usciva dalla radio. Quando Galanti entrò in magazzino non si trovò davanti un bello spettacolo.

«Stregatti! Sei ancora qui? È un'ora che ti cerco.»

Mi alzai in piedi di scatto facendo rovesciare la sedia.

«Non mi ero accorta che fosse passato così tanto.»

Sorrise mentre si avvicinava per raccogliere la sedia.

«Forse volevi restare un po' da sola per cantare Stevie Wonder?»

«Non pensavo che qualcuno potesse ascoltarmi. È *La signora in rosso*.»

«Un capolavoro.»

«Il fatto è che ho trovato delle anomalie.»

«Che intendi dire?»

«Nelle spedizioni, guarda» e gli mostrai le bolle. «Sono tutte doppie. Come te la spieghi una cosa del genere? E hanno la firma di Guidieri.»

Me le strappò dalle mani.

«Stregatti, ti ho detto di cercarle e portarmele non di leggerle. Non sono affari tuoi.»

Rimasi impietrita, quando faceva così avevo paura.

«Quello che volevo dire,» si addolcì improvvisamente «è che non devi preoccuparti di queste cose. Senti questa musica?»

Era uno schizofrenico, altro che galeotto.

«Questa canzone mi piace molto» andò verso la radio e alzò il volume.

«Non la conosco.»

«Non la conosci?»

«No.»

«Vieni qui.»

«Dove?»

«Qui» e allungò un braccio. «Da me.»

Mi avvicinai, non sapendo bene che cosa aspettarmi, se una revolverata o un abbraccio.

Quando gli fui davanti, mi prese la mano e mi attirò a sé, cingendomi la vita con l'altra.

«Sai ballare, Stregatti?»

«Eh?»

«Oltre a cantare, ovviamente.»

«No no no, assolutamente.»

«Vediamo.»

«Che cosa?»

«Se è vero che non sai ballare» e mi strinse così forte che per un attimo smisi di respirare.

«Nina Simone» mi sussurrò all'orecchio. «*My Baby Just Cares For Me.*»

Ero rigida come un palo.

«Conosci le parole?»

«No, sto cercando di ascoltare, non sono molto concentrata.»

«Perché?»

«O ballo o ascolto, non riesco a fare tutte e due le cose.»

«Sono io a condurre, tu devi solo lasciarti andare.»

«Appunto.»

Scoppiò a ridere e iniziò ad accarezzarmi la schiena, mentre mi faceva volteggiare nella stanza.

Stavo ballando per la prima volta in vita mia. Quell'uomo aveva il potere di farmi fare qualsiasi cosa.

«Lei dice: *Al mio uomo non interessano gli spettacoli, al mio uomo non interessano i vestiti, al mio uomo importa solo di me.*»

Avevo i brividi, mentre sentivo il suo respiro caldo sul collo.

«E ancora: *Al mio uomo non interessano le macchine e le corse, al mio uomo non interessa fare vita mondana. Liz Taylor non è il suo stile e anche il sorriso di Lana Turner è qualcosa che non riesce a concepire. Al mio uomo non interessa chi lo conosce, il mio uomo si prende cura solo di me.*»

Madò.

«Sono parole bellissime.»

Per quanto se in quel momento mi avesse cantato una canzone di Toto Cutugno mi sarebbe sembrata ugualmente meravigliosa, con tutto il rispetto per Toto.

«Vero, Stregatti.»

Mi allontanava e poi mi attirava di nuovo a sé, senza smettere un momento di guardarmi e sorridere. Riuscì anche a farmi fare un paio di giravolte, tanto che quando la canzone terminò sbandai.

«Sei una ballerina nata.»

«Non mi prendere in giro, non è carino da parte tua,» sentivo le guance avvampare e iniziai a sventolarmi con le mani. «Fa caldo qui dentro.»

Mi premette una mano sulla fronte, mentre continuava a tenere l'altra sul mio fianco. «In effetti sei bollente.»

«Vogliamo aprire un momento la finestra?»

Non si muoveva, mi accarezzava una guancia e non smetteva di guardarmi. E allora vuotai il sacco, per colpa sua, di mia nonna e dello stress mi scappò quello che non doveva scapparmi e rovinai tutto.

«Mi sono innamorata di te.»

Ero diventata pazza? Che cosa era tutto quel coraggio? E mi doveva venire proprio in quel momento?

"*Cuggie l'acque quanne chiove*, tesoro bello" mi aveva detto nonna, ma forse avevo un pochino esagerato.

Lui sgranò gli occhi e fece un passo indietro.

«Non starai dicendo sul serio?»

«Scusa, non so che cosa mi sia preso, però sì, dico sul serio.»

«Sono sicuro che ti passa.»

«Non è mica l'influenza.»

«Come fai a dire una cosa del genere? Lo vedi che lavoro faccio? Lo vedi chi sono? Fino a qualche giorno fa credevi fossi un altro!»

«Ero confusa perché non volevo ammettere quello che ti ho appena detto. Mi faceva paura.»

«E adesso improvvisamente non ne hai più?»

«No o meglio sì, ma poi qualcuno mi ha detto che il vero problema non è fallire, il vero problema è non mettersi neanche nella condizione di poter fallire.»

«Stavo parlando di Theresa Page. Ascoltami bene perché vorrei non ci fossero equivoci, tu mi fai sentire bene, terremoto, io con te trovo la pace e non hai idea di quanto ne abbia bisogno...»

«Mi sembra una cosa bella.»

«Lo è, ma non ti amo.»

Ecco, questo io lo sapevo, ma sentirselo dire era tutt'altra storia.

Non riuscivo a parlare, ero impietrita davanti a lui, incapace di muovermi o di respirare. Il mondo si era fermato, di nuovo, ed ero stata io a farlo fermare. Non potevo che prendermela con me stessa. Che cosa mi aspettavo?

«Ti prego, non guardarmi così,» proseguì «non hai idea di che cosa sia la mia vita. Non posso e non voglio coinvolgerti.»

«C'è qualcosa che non riesco a mettere a fuoco, insomma poco fa mi sembrava... Quello che voglio dire è che sei sempre stato carino con me in un modo in cui non lo era stato mai nessun altro, e allora ho iniziato a fidarmi di te e non mi era mai successo prima.»

«Tu non sai quello che stai dicendo.»

«Sì che lo so, e forse per la prima volta. Quando ti ho conosciuto ero piena di paure, con te sono scomparse ed è la cosa più bella che qualcuno abbia mai fatto per me.»

«Sono fidanzato.»

«Come?»

«Ho una relazione con un'altra donna che dura da quasi cinque anni. Ho provato a dirtelo non sai quante volte.»

«Potevi impegnarti di più. E poi mi avevi detto di non essere fidanzato.»

«Ho mentito. La mia vita privata non riguarda nessuno, men che meno la mia segretaria.»

Era stato duro, fin troppo. In quel momento un quadro stava prendendo forma nella mia testa e tutto sembrava più chiaro.

«Mi hai usata. Hai sfruttato le mie debolezze per tirarmi dalla tua parte.»

«Non la vedrei in questo modo.»

«Ti facevo così pena?»

«Mi dispiace se hai frainteso il mio atteggiamento e mi dispiace se stai soffrendo, ma sono sicuro che ti passerà presto.»

Mi buttai su una sedia, non mi reggevo in piedi.

«Spero che questo non comprometta il nostro lavoro. Se è così, vorrei saperlo subito.»

«Come?»

Gesù, io mi ero messa praticamente in mutande davanti a lui e mi parlava di lavoro. Come avevo fatto a sbagliarmi? Per fortuna bussarono alla porta.

«Scusate, io sto andando via» era Giorgia, che fece capolino nella stanza.

La sua testa arrivava alla maniglia.

«Stiamo andando anche noi» disse Galanti. «Stregatti, andiamo?»

Non risposi e gli passai davanti per guadagnare l'uscita. Afferrò le bolle ed entrammo in ascensore.

«Non hai ancora risposto alla mia domanda.»

Mi guardavo i piedi e cercavo di non piangere, non volevo dargli anche questa soddisfazione.

«Non cambierà nulla» mentii.

«Ho sbagliato io» e si appoggiò con la schiena alla parete dell'ascensore, poi chiuse gli occhi. «Adoro Nina Simone.»

In quel momento sembrava di nuovo umano. Che cosa avrei dato per avere un po' di coraggio, avvicinarmi e...

«È che con te io sto davvero bene, mi fai dimenticare quello che sono.»

A quel punto alzai lo sguardo.

«Perché, chi sei?» gli chiesi guardandolo finalmente negli occhi.

Lui non rispose.

La musica era finita, il ballo anche, ma il tumulto che avevo dentro quello no, era appena cominciato.

Parte terza

«E che succede dopo che lui ha scalato la torre e salvato lei?»
«Che lei salva lui.»

Edward e Vivian in *Pretty Woman*

Ventitré

Arrivai a casa trafelata. Avevo invitato a cena Federico, Letizia doveva finire di stendere un atto e poi ci avrebbe raggiunti. Avevo anche richiamato la direttrice di Girl Power per informarla del fatto che il test non era pronto e non lo sarebbe mai stato.

Il mio mondo era crollato. Non era un bel mondo, ma era pur sempre il mio, quello che mi ero costruita a fatica e che avrebbe meritato una fine migliore.

In autobus ripensavo ossessivamente a quello che era appena successo, alle cose che mi aveva detto Galanti. Era davvero una persona orribile e io ci avevo costruito intorno un castello di cartapesta, prima credendo che fosse Ristori, il conte di Elisa di Rivombrosa, poi pensando che dietro quella facciata di granito ci fosse dell'altro. Non c'era nulla, a parte il granito.

Avevo flirtato con lui mentre trattava i miei colleghi come dei pupazzi continuando a giustificarlo perché volevo far vivere l'immagine che mi ero costruita di lui. Ora me ne vergognavo. Poteva essere chiunque, ma la verità era una sola, chiunque fosse non era una bella persona.

Solo che in quel momento avevo un problema più urgente da risolvere che l'identità di Galanti. Non riuscivo a aprire la porta.

Era come se qualcuno l'avesse forzata, non entrava neanche la chiave. Incrociai la vicina, quella dei ladri di forcine.

«Per colpa dei suoi amici oggi mi è andata via la luce due volte.»

«Quali amici?»

«Ah, se non lo sa lei. Tra l'altro hanno fatto anche molto rumore.»

«Mi sta dicendo che qualcuno è entrato in casa mia?»

«Sì, i suoi amici.»

«Che succede?» era uno dei ragazzi allegria che aveva sentito parlare ed era sceso.

Nardotti o Bassotti, aveva poca importanza.

«Non riesco a entrare e la signora dice che oggi c'era qualcuno in casa mia.»

«Incredibile, vado a chiamare gli altri.»

«Lo dico sempre al portiere che qui c'è un continuo viavai di gente non autorizzata.»

«Ma stanno facendo i lavori al palazzo, sono gli operai.»

«Poi tutti di colore.»

«Veramente sono dell'est.»

«È uguale.»

Anche Letizia si era affacciata.

«Streghina, tutto bene?»

«Non si infilano più le chiavi nella toppa.»

«Arrivo, prendo gli attrezzi.»

In meno di dieci minuti eravamo tutti lì, i due ragazzi allegria, la signora, Letizia che cercava di smontare la porta e Federico che intanto era arrivato. Anche la Saccarotti si era fatta vedere in tenuta d'ordinanza, il baby doll.

«Cos'è questa musica altissima?» domandò la signora. «Non c'è più pace in questo posto».

«*Belìn*, è il mio vicino, sta ascoltando hard rock strumentale. Niente, è proprio bloccata.»

«Potremmo organizzare un party qui sul ballatoio, che ne dite ragazzi? Vado a prendere un paio di birre?»

«Io vorrei solo capire che cosa è successo ed entrare in casa.»

Mi accasciai sulle scale.

«Allora prendo un paio di birre e torno, potremmo ordinare anche la pizza, un ballatoio party! Divertentissimo» e se ne andarono insieme.

«Li odio quei due, cambierei casa solo per non vederli più» sospirai.

«Però la pizza non è una cattiva idea» intervenne Federico.

«*Belìn*, qualcosa si muove. Streghina, passami lo Svitol.»

«Ma perché le chiedi sempre a me queste cose? Non so cos'è lo Svitol.»

«Non serve, ecco… ho sentito un clic… fatto!»

Pioggia di applausi per Letizia proprio mentre quei due tornavano con le birre. Mi precipitai in casa, seguita dagli altri. Non ci si girava più lì dentro.

«Scusate, permesso, fatemi spazio. A me pare sia tutto a posto» sospirai.

«Controlla meglio» rispose Letizia.

«Sì, controlli meglio, questa gente sa fare le cose per bene.»

«Signora, ma chi? Non vede che la casa è perfetta?»

«Ho qui le birre, ragazzi. Brindiamo?»

«No grazie, sono un po' provata dagli avvenimenti» mentii.

«Ok, sarà per un'altra volta!»

Piano piano se ne andarono tutti, i fratelli allegria delusi dal fatto che non si facesse un ballatoio party, la signora sbraitando contro gli operai e il portiere, e Patty Pravo che era tornata quasi subito dal suo toy boy.

Finalmente mi rilassai.

«Non si accende più la luce della cucina» gridò Letizia mentre ero sul soppalco a fare un controllo.

«Si sarà fulminata. Certo è strano, me l'avevi cambiata il mese scorso.»

«Aspetta è svitata, ecco fatto. Che cosa facciamo? Ho il pesto di mamma e le trofie fresche, andiamo da me a farci una pasta?»

«Oh, finalmente qualcuno che ragiona» disse Federico.

«Scendo, qui mi pare non manchi nulla.»

«Certo, al massimo potevano rubarti il cuscino» il pragmatismo di Fede non ci abbandonava mai.

In pochi minuti eravamo da Letizia.

«Allora, Stregatti? Che cosa è successo?»

«Di tutto, Fede, di tutto.»

«Andiamo per ordine.»

E provai a raccontargli i fatti, così come si erano svolti.

«Certo è dura accettare che una persona non ti voglia» bisbigliai.

«*Belìn*, ovvio.»

«A questo dovreste averci fatto l'abitudine entrambe, il modo in cui si reagisce fa la differenza.»

«Fede non ha tutti i torti.»

«Non so se ce la faccio.»

«Ce l'hai già fatta. Poi vedrai che qualcosa succede, ci vuole un po' di fiducia.»

«Abbiamo anche ballato Nina Simone.»

«Che romantico, Streghina.»

«Questo in effetti getta su di lui un cono d'ombra.»

«Perché lo avrebbe fatto?» chiesi.

«Posso parlare chiaramente?»

«Certo.»

«Perché magari in quel momento gli andava di farlo. Perché, come ti ha detto, con te si trova bene. E se una persona si trova bene nel fare una cosa generalmente vuole continuare a farla. Questo però non vuol dire che si stia parlando di amore.»

Avevo davvero le orecchie basse.

«Prendi ciò che di buono questa storia ti ha lasciato.»

«Che sarebbe?»

«Ora ci penso.»

Iniziammo a mangiare, neanche le pene d'amore riuscivano a togliermi l'appetito.

«Ho conosciuto una ragazza» disse a un certo punto Federico. «Volevo dirvelo già da un po' ma tra Ristori, Galanti e i tatuaggi non ce n'è stato il tempo.»

«E qual è la novità?» gli chiesi. «Ne conosci una a sera.»

«Ha ragione, non ti si riesce a star dietro» intervenne Letizia.

«Questa volta è diverso.»

«Che vuol dire diverso?»

«Che vorrei conoscerla meglio, che quando ci salutiamo ho la sensazione che non sia finita.»

Mi accasciai sul futon di Letizia.

«Che cosa bella, Fede, ma non hai paura? Se non dovesse andare a finire bene? Se non funzionasse?»

«Mi è sempre piaciuto il tuo ottimismo. Per sapere come andrà a finire una relazione bisognerebbe prima farla cominciare.»

«È spaventoso» esclamai.

«Terrificante, direi» aggiunse Letizia.

«Ragazze, è arrivato il momento di cambiare direzione. E tu, Stregatti, basta pannolini, basta fughe e basta test sessuali.»

«Ah, quelli ormai non li farò più, sono stata licenziata.»

«Meno male, finalmente, avresti dovuto farlo tu tanto tempo fa. Hai davanti una grande opportunità, trova il modo per non lasciartela scappare. Io ce la sto mettendo tutta, non dico che sia facile, ma se non ci proviamo neanche che senso ha?»

«Ma quale opportunità? A me sembra solo di stare diventando matta. Vi faccio vedere una cosa» e frugai dentro la borsa, tirando fuori i miei appunti.

«Guardate.»

«Che cosa sono?» chiese Letizia spaventata.

«Le mie congetture su Ristori.»

«*Belìn*.»

Lasciai che avessero il tempo di leggerli e intanto mi schiaffai sul piatto un'altra porzione di trofie al pesto, deliziose.

«Stregatti, questa roba è da psicanalisi, lo sai? E io che ero tutto felice perché da un po' di tempo non vedevamo più il povero Alessandro aggirarsi per i bar di Milano.»

«Quando fai così ho paura» lo rinforzò Letizia.

«Perché poi hai la fissazione del galeotto? Fa molto romanzo d'appendice, ma potrebbe essere un agente dell'Interpol, della CIA o, che ne so, un infiltrato. Sto scrivendo questa sceneggiatura proprio con un ex magistrato, mi racconta delle storie pazzesche.»

«Un infiltrato? È una grande idea, me lo scrivo. Passami il foglietto.»

«Era tanto per dire, non ci devi credere.»

«No no, è una grande idea. Me lo scrivo subito.»

«Bravo Fede, ora sì che siamo nei guai.»

«Mi sono già pentito di avertelo detto. Quello che vorrei è che tu la smettessi di farti del male in questo modo. Esci, vai a divertirti.»

«Ma con chi, scusa? In questa città non conosco nessuno, a parte te, Letizia e Bianca. Finalmente pensavo di avere incontrato una persona che era interessata a me, a quello che sono veramente.»

«E lo è, te lo ha anche detto lui. Prendi e metti da parte, fanne tesoro, rimboccati le maniche. Siamo a una svolta, me lo sento.»

Letizia intanto aveva tirato fuori dal forno una teglia di muffin mentre continuavamo ad ascoltare i racconti di Federico e di questa ragazza che lo aveva trasformato in una persona normale o quasi. Ammiravo il modo in cui si era rapportato a lei, non mi ero resa conto di quanto fosse cambiato, ma era giusto che fosse così, la vita era una continua evoluzione. Solo per me si era fermata ed era arrivato il momento di farla ripartire.

Concludemmo la serata guardandoci un film.

Anche se io non riuscivo a seguirlo un granché, pensavo all'altra metà della mela che era ancora nella pancia di mia nonna.

Scoppiai in lacrime all'improvviso. «Scusate.»

«Concordo,» disse Federico «un film orribile.»

«Povera Streghina.»

«Ho combinato un gran casino.»

«Vuoi un altro muffin?»

«Portale anche da bere.»

«Chi sarà la sua fidanzata? Giorgia? E come sarà?» piagnucolavo.

«Che importanza ha chi è, com'è o come si chiama? Comunque esiste» rispose Letizia.

«Ma da dove è saltata fuori? Insomma sono sempre insieme a lui e non l'ho mai visto fare una telefonata romantica, organizzare una serata, una cena. Al party milanese, quello chic, è venuto da solo.»

«Quello che dovremmo imparare, Streghina, e parlo anche per me, è che non abbiamo bisogno di un uomo che ci dica in continuazione quanto siamo meravigliose per sentirci meravigliose.»

«E cosa c'entra?»

«C'entra, invece. Galanti è fidanzato e tu crolli perché ti aspettavi che lui ti facesse sentire meravigliosa. Lo sei comunque, anche se lui è fidanzato e non con te.»

«Vuoi dire che non siamo una metà della mela? Che siamo intere?»

«Esatto.»

«Forse hai ragione. Forse sono gli uomini a nascere solo con una metà.»

«*Belìn.*»

«Fate pure come se io non ci fossi» intervenne Federico.

Scoppiammo a ridere entrambe.

«Però Galanti era una bella mela» sospirai.

«Bellissima, e tu sei stata molto coraggiosa, gli hai detto quello che provavi. Non era mica facile o scontato, invece di continuare a farti castelli in aria sei andata diritta al punto. Ora puoi voltare pagina e non stare lì ad aspettarlo o a vederlo in ogni bar di Milano come con quel poveretto di Alessandro.»

«Pure tu con questa storia?»

Quando il film terminò ci salutammo e io me ne tornai a casa. Solo allora notai dei piccoli cambiamenti.

Mentre ascoltavo la canzone di Nina Simone per la dodicesima volta e piangevo, mi resi conto che il lampadario cinese di Bianca era spostato, così come il microonde, che da anni tenevo sempre nella stessa posizione. E la luce della cucina che Letizia aveva trovato svitata? Non che pensassi davvero che qualcuno fosse entrato in casa, perché non mancava niente, ma c'era qualcosa che non mi tornava. Tanto che una volta a letto, sul soppalco, non riuscivo a prendere sonno. Continuavo a sentire rumori e scricchiolii, accendevo la luce e mi affacciavo per guardare di sotto convinta di trovarci un'intera ala del penitenziario di San Vittore. Ovviamente il salottino era vuoto e allora mi calmavo. Appena richiudevo gli occhi ecco che di nuovo mi sembrava ci fosse qualcuno. Qualcosa era successo in quella casa o era suggestione?

Alla fine mi rassegnai all'insonnia, scesi dal soppalco e accesi tutte le luci. Seduta sul divano pensavo a Nina Simone, ai russi e alle prigioni di Stato, anche a Giorgia e a come poteva essere. E c'era anche la faccenda dei fogli che avevo trovato nella busta. Ora più che mai avevo deciso di parlarne a Sofia, non era giusto quello che le stava succedendo.

Trascorsi la notte sul divano con gli occhi sbarrati, come Jack Nicholson in *Shining*, la scena finale per intenderci.

Ventiquattro

Arrivai in ufficio che sembravo uno zombie.

La mattina presto avevo incrociato il portiere.

«Gonzáles?»

«Sì?»

«Credo siano entrati i ladri a casa mia, la porta ieri era bloccata.»

«No è possibile.»

«Le dico di sì.»

«Hanno rubato qualcosa?»

«No, ma… Che devo fare?»

«Tutti chiedere a me che fare.»

«È il portiere…»

«Io no so, cambia serratura.»

«E vabbè, grazie.»

Innaffiai la pianta di Bo e mi misi subito al lavoro.

Galanti per fortuna mi aveva scritto che sarebbe arrivato più tardi e mi aveva lasciato sul tavolo una montagna di scartoffie.

In tarda mattinata mi scrisse di nuovo, sarebbe arrivato nel primo pomeriggio e mi chiese di convocare una riunione per le cinque.

Avevo trascorso tutta la notte seduta sul mio divano a pensare a come mi sarei dovuta comportare con lui e a cosa fare della mia vita. Che cosa stavo facendo ancora in quel posto? Avevo studiato tanto per diventare la segretaria di un tagliatore di teste?

Ormai mi odiavano tutti, solo Maurizio mi parlava e francamente non sapevo neanche perché.

«Tesoro» si affacciò a un certo punto. «Ti porto a pranzo.»

«Davvero?»

«Dai usciamo da qui.»

Seduti al bar non riuscivo neanche a guardarlo in faccia.

«Che cosa ti succede?»

«Sono molto stressata.»

«Ci credo.»

«E mi vergogno tanto.»

«Di che?»

«Mi sono innamorata di lui.»

«Adoro! Lui chi, scusa?»

«Di Galanti.»

«Non ci posso credere.»

«Neanche io, pensavo di conoscerlo e mi immaginavo che in fondo gli importasse di me e di tutti voi.»

«Se uno è così bello può essere solo un grande stronzo, non hai imparato niente nella vita?»

«Mi sa di no, gli piaceva anche Nina Simone.»

«Ma allora è gay!»

«Non credo proprio.»

«Peccato.»

«Ieri per esempio eravamo in magazzino e improvvisamente mi ha fatto ballare e allora non so che cosa mi è saltato in testa e gliel'ho detto.»

«Sei pazza? Tu hai bisogno di fare qualcosa per te stessa. Vai dal parrucchiere, comprati un completo intimo!»

Scoppiai a ridere.

«Non sto scherzando.»

«A che mi serve il completo intimo?»

«Non devi mica comprarlo perché ti serve.»

«Ah no?»

«No, per te stessa, per sentirti donna. Così la prossima volta che qualcuno ti si avvicina per farti fare un passo di danza tu saprai che stai indossando uno slip di pizzo. Sei almeno depilata?»

«Non mi depilo dal 1998.»

«Che orrore. Vedi? Non va bene. Come mai ti sei ridotta così?»

«Senti piuttosto, oggi pomeriggio c'è una riunione plenaria e ho paura che...»

«Io mi sono licenziato.»

«Cosa?»

«Ti ho portato a pranzo anche per questo. Ho trovato lavoro in una mega concessionaria di pubblicità.»

«Sono felicissima!»

«Te l'avevo detto, sono settimane che faccio colloqui. Poi l'altra sera a una festa casualmente mi presentano questo direttore, anche lui gay, ed è stato amore a prima vista. Gli ho raccontato quello che stava succedendo in azienda e lui subito mi ha voluto vedere.»

«Sono proprio contenta, Mauri.»

«Anche tu devi fare qualcosa.»

«Lo so. Quando vai via?»

«Tra un mese.»

Concludemmo il pranzo con una bicchierata di birra e tornammo in ufficio. Galanti stava per arrivare e volevo parlare prima con Sofia. Quando mi affacciai da lei, rimase di stucco.

«Posso parlarti un momento?»

Era stanchissima, si vedeva, chissà da quante notti non dormiva. Come avevo fatto a pensare solo a me e al mio invaghimento per Galanti? Qui si stava consumando una guerra e io me ne ero tenuta fuori, mi sentivo una vigliacca.

«Certo, non mi aspettavo una tua visita.»

«Prima di tutto volevo chiederti scusa.»

«Come?»

«Lo so che non è colpa mia quello che sta succedendo ma...»

«Vieni al punto.»

«Ho visto dei fogli per sbaglio, dei fogli che Galanti ha ricevuto da Guidieri, si sono incontrati a Parigi. Su quei fogli c'è scritto il tuo nome, Sofia. Ho paura che Guidieri ti voglia mettere in mezzo a qualcosa.»

Si alzò di scatto.

«A Parigi? Ma che stai dicendo?»

«Li ho visti con i miei occhi.»

«Non è possibile. Umberto non farebbe mai nulla contro di me, contro l'azienda. Tu, piuttosto,» e lo disse puntandomi il dito contro «chi sei veramente? Prima fai il suo cagnolino da guardia e poi vieni da me con questa storia assurda aspettandoti che io ti creda?»

«Ma allora perché sarei qui?»

«Non lo so, dimmelo tu.»

«Perché voglio aiutarti, perché non penso sia giusto quello che sta succedendo, perché mi sono sbagliata su di lui» lo dissi con un filo di voce.

«Lasciami sola, per favore.»

Uscii, mi sentivo bene, avevo fatto la cosa giusta per la prima volta da quando era cominciata tutta quella storia. E se anche mi fossi messa nei guai non aveva importanza. Ero certa che Sofia non avrebbe detto niente, non sapeva che cosa fosse il gioco di squadra ma non era una stupida. Io invece ci credevo alla squadra, non me n'ero mai accorta fino a quel momento. La solidarietà tra colleghe era importante e avevo sprecato troppo tempo a piangermi addosso.

Quando arrivai alla mia scrivania capii subito che Galanti era arrivato. Feci un profondo respiro e bussai.

«Avanti.»

Non sapevo che cosa aspettarmi, ma quando lo vidi mi stupii della mia reazione. Era come avere davanti un'altra persona o forse finalmente quella vera, che fino ad allora non avevo voluto vedere.

«Buongiorno, Stregatti.»

«Buongiorno.»

«È tutto pronto?»

«Sì, ho convocato la riunione per le cinque come mi avevi detto.»

«Bene, vorrei che ci fossi anche tu.»

«Ma...»

Alzò lo sguardo, che fino a quel momento era rivolto al computer.

«È un problema?»

Sì che lo era, maledizione, voleva farmi assistere alla deflagrazione?

«No.»

Una donna di polso.

«Benissimo, allora a dopo.»

Voleva dire che la conversazione era finita. Uscii e scrissi una mail a Federico chiedendogli di chiamarmi appena possibile. Aveva gli orari da scrittore, magari stava facendo il riposino pomeridiano e non volevo svegliarlo. Mi sorprese ricevere subito una sua telefonata.

«Che succede?»

«Come mai sei sveglio?»

«Sono un uomo nuovo.»

«Beato te.»

«Ho scritto quasi tutta la notte, ma ho messo la sveglia e mi sono rimesso subito a scrivere. Questa sceneggiatura mi sta facendo diventare matto. Se vuoi il mio parere, comunque, hai fatto bene.»

«Ma a fare che? Non ti ho scritto niente.»

«Mi portavo avanti.»

«In effetti qualcosa ho fatto.»

«Visto?»

«Già, e credo che ne farò anche un'altra.»

«Qualcosa si è smosso, hai trovato il coraggio di affrontare le tue paure. Ora bisogna raccoglierne i frutti. Si guarda avanti, Stregatti.»

«Da quando sei innamorato non ti sopporto più.»

Sentivo una forza dentro di me che non avevo mai avuto, ma come era possibile? Dovevo essere disperata, annientata e invece ero euforica.

Come riattaccai con Federico, aprii una cartella sul desktop che non aprivo da mesi, forse anni.

Lì c'erano tutti i miei articoli, quelli che avevo scritto quando leggevo un caso particolarmente interessante, fatti di cronaca, omicidi, rapine, crolli di aziende, scandali finanziari. Mi stupii di quanta roba trovai lì dentro. Trascorsi l'ora successiva a rileggere e scegliere quelli che mi sembravano i più interessanti. Poi andai su Internet e cercai l'indirizzo mail di Arturo Rosati.

Ci misi un po' a comporre la lettera, scrivevo e cancellavo in continuazione, cambiavo idea sul tono, lo stile, il tipo di confidenza. Alla fine optai per un semplice: «Senza farti perdere tempo, ti allego alcuni miei articoli» e la mandai. Era fatta, non potevo più tornare indietro.

A quel punto era arrivata l'ora della riunione. Vidi uscire Galanti dall'ufficio e mi alzai per seguirlo.

«Siediti in fondo.»

«Va bene.»

«Buongiorno e grazie di essere venuti» cominciò.

Cercavo di leggere nei suoi occhi dispiacere, imbarazzo per quello che avrebbe dovuto dire, non c'era nulla, era di una freddezza disarmante.

Parlò della fusione imminente, del riassetto di tutta la struttura, degli errori commessi e dei buchi economici. Parlò di un incentivo per ogni dipendente che sarebbe poi stato discusso singolarmente. La riunione durò circa due ore.

Sofia rimase in silenzio per tutto il tempo. Mi aspettavo che intervenisse, che dicesse qualcosa, invece niente. La stanza era piena di pezzi grossi, persone che avevo imparato a riconoscere perché mi erano sfilate davanti nei giorni precedenti. Persino l'ingegnere Pacifico mi era diventato ormai familiare e non mi faceva più così paura, sembrava anche invecchiato e rimpicciolito. Come poteva essere successo che un'azienda del calibro della Pimpax si fosse ridotta così? Sentivo una nuova sensazione di appartenenza e avrei voluto essere seduta anche io intorno a quel tavolo, accanto a Sofia e alle mie colleghe.

Ero talmente presa dai miei pensieri che non mi accorsi neanche che la riunione era terminata, la stanza si stava svuotando. Vidi Sofia passarmi accanto, aveva gli occhi lucidi ma non era arrabbiata, delusa forse.

«Non era così che doveva andare a finire» mi sussurrò.

«Mi dispiace moltissimo.»

«Non credevo tu fossi cattiva,» ci interruppe Costanza «stupida sì, ma non cattiva.»

Mi veniva da piangere ma cercavo di trattenere le lacrime, per Sofia, per gli altri, per me e per Galanti che non mi amava.

«Che cosa succede?» intervenne Galanti.

«Niente» disse Sofia trascinando Costanza fuori dalla sala.

«Scusate» intervenni.

Mi alzai e corsi fuori, non volevo che mi vedessero in quello stato. Andai in bagno, mi sciacquai la faccia e quando mi vidi riflessa nello specchio scoppiai a piangere. Ero conciata male, si vedeva che non avevo dormito e i capelli, che tenevo sempre legati, erano sciolti e allo stato brado. In quel momento, entrò Lavinia. Non sapevo cosa fare, cosa dire.

«*Mors tua vita mea*, eh?» mi disse.

«Mi dispiace.»

«Lascia perdere, avrei fatto lo stesso.»

«Come?»

Si appoggiò al lavandino e si mise a braccia conserte.

Era elegante, bella e perfetta come io non lo sarei mai stata.

«Ci ho pensato a lungo. All'inizio credevo fossi una stronza, anche se in fondo ti ci aveva messo Sofia in quelle condizioni. Alla fine mi sono detta che anche io al posto tuo mi sarei comportata allo stesso modo.»

«Grazie.»

Stavo per uscire, ma mi bloccò di nuovo.

«Comunque devo dirtelo. Credevo mi avresti soffiato il ruolo, con tutte le lingue che sai, le tue competenze. Ti tenevo a distanza. Alla fine non stai messa meglio di me, io forse verrò licenziata, forse no. Tu è come se lo fossi da sempre.»

«Già.»

«Sei in gamba, Penelope, ma se sei tu la prima a non crederci, difficilmente convincerai gli altri a farlo.»

A quel punto uscii. Dio, che colpo. La ragazza dalla manicure perfetta, che io giudicavo essere una stupida, non lo era affatto. Più in basso di così non sarei potuta scendere.

Mentre tornavo verso la mia scrivania, incrociai Galanti.

«Vieni un momento nel mio ufficio?»

No, non avrei retto un confronto.

«Sì.»

Appunto.

«Chiudi la porta. Come ti senti?»

Sembrava sincero.

«Insomma.»

«Che cosa è successo di là?»

«Niente di importante.»

«Non mi sembrava, sei uscita sconvolta.»

«Niente che io non possa gestire.»

Allora fece un passo verso di me, indietreggiai.

«Guarda che sono sempre la stessa persona di ieri, Stregatti.»

«Su questo avrei tante cose da dire, ma comunque forse sono io a non esserlo.»

«Mi dispiace per quello che è successo.»

«Non parliamone più.»

«Va bene. Vai a casa e fatti una bella dormita, ci rivediamo qui domani.»

«Grazie.»

Macché grazie!

Uscii dalla stanza, presi la borsa e me ne tornai a casa.

Pensavo a Sofia e a Lavinia, ero così convinta che nessuno mi capisse che non mi ero mai soffermata un attimo a cercare di capire loro.

Se avessi potuto tornare indietro nel tempo, avrei chiesto a Lavinia la ricetta della zuppa di ceci senza ceci. E magari avrei buttato giù quell'orribile pancetta, per dirla come Maurizio.

Venticinque

La settimana trascorse in fretta e Maurizio a breve se ne sarebbe andato.

Galanti non aveva ancora iniziato a licenziare, aspettava la firma dei cinesi e gli accordi finali.

Per fortuna era sempre fuori per appuntamenti.

Una mattina mi era piombata in ufficio Sofia, si era fermata un momento davanti a me come se volesse dirmi qualcosa. Aveva gli occhi gonfi, ma trionfanti.

«Posso aiutarti?» le chiesi.

«Scusa, devo parlare con Galanti, è in ufficio?»

«Sì, lo avviso, tutto bene?»

«Mai stata meglio.»

Le fece fare almeno venti minuti di anticamera, era la tecnica che usava per portare le persone all'esasperazione. Poi finalmente la fece accomodare.

Non potevo sapere che cosa si dicevano, ma l'incontro durò parecchio e quando Sofia uscì sembrava rinfrancata.

Io ero piombata in una situazione di stallo, Rosati mi aveva risposto, era colpito dai miei articoli ma al momento non poteva prendere alcun impegno con me, la situazione al giornale era critica. Così la fiammella che per un attimo avevo sentito si stava spegnendo. Federico diceva che dovevo tenerla accesa, ma non era facile.

Io e Lavinia ci ronzavamo intorno senza avere il coraggio di incontrarci veramente, ma il nostro rapporto era cambiato. Ora ci capivamo e sapevo di dovere essere io a fare il primo passo, così pochi giorni dopo la famosa riunione andai da lei e le chiesi la ricetta del tortino vegano.

«Questo fine settimana lo faccio,» disse «e te lo porto. Vedrai, ti piacerà tantissimo, è pieno di ingredienti sani.»

«Immagino, non lo dirò ai miei, altrimenti mi spediscono un camion di burrate.»

Sorridemmo entrambe e la mattina successiva fu lei a venire da me.

«Che prodotti usi per i capelli?» mi domandò.

«Sono terribili.»

«Hai dei capelli bellissimi, come fai ad averli sempre così morbidi? Non sono mai crespi, guarda i miei» eravamo una squadra, finalmente.

Ma il colpo di grazia non tardò ad arrivare.

Una sera ero uscita con gli altri per la nostra solita serata di birra e cinema ed era successa una cosa che mi aveva ulteriormente gettato nello sconforto.

«C'è Alessandro!» gridai alzandomi dal tavolino del locale sui Navigli.

«*Belìn*, ha ricominciato.»

«No no, ve lo giuro, è lì seduto al bancone.»

«Quello che parla con la ragazza che sembra appena scappata di casa?» chiese Bianca.

«Sì, esattamente.»

«Elegantissimo.»

«Scusate» dissi e mi allontanai.

«Alessandro?» chiamai, appena arrivata dietro di lui.

«Eccolo. Chi mi cerca?»

Si girò e quando mi vide sgranò gli occhi. «Non ci posso credere, Penelope.»

«Già.»

«Stai da Dio! Che ci fai qui?»

«No, che ci fai tu, non eri in Australia?»

«In Australia? Ah sì, ci sono andato ma sono tornato quasi subito.»

«Come quasi subito?»

Ti ho aspettato per anni, avrei voluto rispondergli, e tu invece eri qui?

«Sì, lascia perdere, un gran casino, ho messo incinta una brasiliana e siamo dovuti tornare. Ora sono un padre felice, e tu? Che mi racconti?»

Ero sconvolta e non sapevo cosa dire. Non solo non ero sposata e non ero una madre felice, ma ero stata in attesa del suo ritorno inutilmente e ora che mi trovavo di fronte a lui non sentivo nulla. Ma la cosa che mi feriva di più era un'altra, era la consapevolezza che la mia vita era rimasta la stessa da quando lui era partito mentre la sua no.

«Sarai una donna in carriera» proseguì lui imperterrito.

Mi schiarii la voce.

«Sì, per certi versi.»

Nel frattempo si erano avvicinati anche gli altri, increduli.

«Ti presento i miei amici, Bianca, Federico e Letizia.»

«Molto piacere, questa è Marie, è francese e non parla italiano, è qui per l'Erasmus.»

L'Erasmus? Meno male che era un felice padre di famiglia o forse quella era sua figlia.

«Incredibile» continuava a dire Federico. «Esisti davvero.»

«Lo sapevo! Pantaloni di vigogna, taglio classico» intervenne Bianca.

Io sorridevo imbarazzata.

«Brava, brava la mia Penelope. Senti, ci scambiamo il numero? Mi farebbe un sacco piacere rivederti.»

«Certo.»

Ci abbracciammo, non sentivo niente tranne l'umiliazione.

«Alla prossima, ragazzi» li apostrofò.

«È stato un piacere scoprire che esisti» continuò Federico e insieme tornammo al nostro tavolo. «Sono scioccato, Stregatti.»

«A chi lo dici. E ha praticamente sempre vissuto qui, pare sia tornato dall'Australia quasi subito. Meno male che mi aveva detto che al suo ritorno avremmo parlato.»

«Le cose cambiano.»

«Solo per gli altri però, comunque almeno non ero pazza. Chissà quante volte l'ho incrociato veramente, ha pure un figlio.»

«*Belìn*, questo è un colpo basso.»

«Non sapevo che cosa raccontargli.»

«Non è vero, sei la segretaria di un ex galeotto!» intervenne Bianca.

«Infiltrato» la corressi.

Tornai a casa sconsolata e passai la notte in bianco.

Già da tempo si stava facendo strada l'idea di andarmene, licenziarmi e provare a ripartire da zero, ma non era facile.

Quel giorno uscii a pranzo con Maurizio, volevo raccontargli di Alessandro. Eravamo al ristorante vegano vicino all'ufficio, perché adesso anche lui si era messo in testa che voleva cambiare rotta.

«Ma lui com'è?» mi chiese. «Che effetto ti ha fatto rivederlo?»

«Nessuno.»

«Che tristezza.»

«Abbastanza, soprattutto perché non avevo niente da raccontargli, capisci?»

«Tesoro, parli cinque lingue, sai scrivere da Dio, hai un mucchio di amici e non avevi nulla da dire? Poi non venirmi a raccontare che un completo intimo non ti serve.»

«E che c'entra?»

«È tutto collegato. Non ti valorizzi, non ti prendi cura di te, non ti coccoli. Ovvio che poi non sai che dire.»

«Mi viene da vomitare.»

«Che cosa affascinante.»

«Sul serio, non mi sento bene.»

Squillò il mio cellulare, era Galanti.

«Gesù, ora che vuole? Scusa, devo rispondere. Pronto?»

«Stregatti, dove sei?»

«A pranzo.»

«Ho bisogno subito di alcuni documenti.»

«Certo, dove li trovo?»

«Sulla mia scrivania, ma richiamami quando sei lì davanti. Sono allo Sporting Corvetto.»

«Va bene, arrivo.»

Riattaccai.

«Ho capito, pago io anche questa volta.»

«Grazie Mauri, devo correre. In fondo sono il suo cagnolino, lo ha detto anche Lavinia.»

Mi precipitai in ufficio e feci come mi aveva chiesto, poi presi un taxi e gli diedi l'indirizzo.

Non mi sentivo affatto bene, quella poltiglia vegana che avevo mangiato mi era rimasta sullo stomaco, seitan con verdure, a me sembrava la cacca di Ughetto.

Arrivai al centro sportivo che avevo la nausea, mi aveva detto che aveva affittato un campo da squash. Sembrava facile, chiesi al ragazzo che trovai al desk, il quale mi indicò dove si trovavano i campi. Stavo sempre peggio, mi girava anche un po' la testa.

Incrociai una ragazza filiforme e muscolosa con indosso un completo da tennis.

«Scusi? Cerco i campi da squash.»

«Sono lì dentro.»

«Grazie.»

Mi diressi a passo di carica verso la porta che mi aveva indicato tenendo stretti i documenti e la spalancai.

Qualcuno gridò, io non vidi niente. Sentii solo lo schianto della pallina contro la mia fronte e caddi all'indietro, abbattendomi al suolo.

Ventisei

«Stregatti? Stregatti, tutto bene?»

«*Madò* la testa! Ah, che dolore.»

«Riesci ad alzarti?»

«Non lo so.»

«Dammi la mano.»

«Guarda come si sta gonfiando» sentii dire da un'altra persona. «Che botta!»

Afferrai la sua mano e mi alzai. Nell'impatto i fogli erano volati all'aria e si erano sparsi a terra.

«Vado a prendere del ghiaccio» disse l'uomo che era in piedi accanto a Galanti.

«Prendine parecchio, ma cosa ti è saltato in mente? Non si entra in un campo da squash in questo modo.»

«Svengo.»

«Appoggiati a me, siediti su quella panca. Ce la fai?»

«Sì sì.»

«Fammi vedere» chiese mettendomi una mano sotto il mento e alzandomi la testa. «Porca miseria.»

«È così brutto?»

«Passerà.»

Prese il ghiaccio che aveva appena portato il suo compagno di gioco e me lo schiaffò sulla fronte.

«Ah! Fa malissimo.»

«Non fare la bambina, tienilo premuto da brava.»

«I documenti! Mi dispiace tanto.»

«Lascia perdere i documenti, ci penso io» e si allontanò per raccoglierli.

«Dici che devo andare al pronto soccorso?»

«Macché pronto soccorso, hai la testa dura, Stregatti, l'ho sempre detto. Appena ti senti meglio ti accompagno a casa io.»

Oddio, a casa mia? Io e lui?

Non eravamo più stati così intimi dall'episodio del ballo. Lui era quasi sempre via e quando ci incrociavamo mi limitavo a eseguire i suoi ordini da bravo soldatino.

«Non ce n'è bisogno, posso prendere un taxi.»

«Ho detto che ti accompagno io e basta.»

«Che vergogna. Mi scusi, mi scusi tanto» dissi rivolta allo sconosciuto, si vedeva benissimo che si tratteneva a stento dal ridere.

Galanti si avvicinò di nuovo, mi prese la vita e mi sollevò. «Andiamo, terremoto, ti porto a letto.»

«Come?»

Scoppiò a ridere e mi strinse così forte che il tuffo al cuore mi arrivò insieme al crampo intestinale. Mi aveva chiamato di nuovo terremoto e questo aprì una ferita che consideravo chiusa. Lo detestavo ormai, allora perché la sua vicinanza mi faceva ancora quell'effetto? Era bastato un colpo in testa per farmi ricordare quanto mi piaceva?

«Cammina che ci facciamo chiamare un taxi.»

Zoppicando per il mal di testa e il mal di pancia arrivai all'ingresso sorretta da Galanti.

«Cos'è successo?» si allarmò il ragazzo del desk.

«Un incidente sportivo» rispose Galanti.

«Possiamo fare qualcosa?»

«No grazie, ci penso io.»

«Vado a cambiarmi e torno subito. Posso lasciarti qui da sola per qualche minuto?»

«Sì sì.»

Mi piaceva quel "ci penso io", mi era sempre piaciuto il modo in cui si prendeva cura di me, mi faceva sentire protetta e al sicuro. Ma che cosa mi stava succedendo? Dopo tutto quello che aveva fatto avrei dovuto odiarlo, allora perché non ci riuscivo?

Un momento, il tatuaggio! Scattai in piedi ma un forte giramento di testa mi fece ripiombare sulla sedia. Non potevo crederci, ce l'avevo avuto lì davanti ai miei occhi, avrei potuto finalmente scoprire la verità e mi ero fatta abbattere da una pallina. Ero così arrabbiata con me stessa da non accorgermi che era già tornato.

«Accidenti, ti sei vestito!» mi sfuggì.

Lui strabuzzò gli occhi.

«Volevo dire, certo che ti sei vestito, ovvio.»

«Stregatti, la botta in testa deve essere stata più forte di quanto pensassi, volevi che restassi in pantaloncini?»

«Magari» sospirai.

«L'auto è arrivata» si intromise il ragazzo del desk.

«Usciamo. Hai per caso bevuto?»

«No no. Pensi che io sia un'alcolizzata?»

«A volte.»

In taxi dopo avere dato all'autista l'indirizzo, aveva continuato a tenermi il ghiaccio premuto sulla fronte. Era vicinissimo, con le mani sul mio viso e la cosa purtroppo mi piaceva da matti.

Non riuscivo a smettere di pensare all'occasione che avevo perso. Indossava dei calzettoni di spugna al ginocchio, di questo ero certa, ma se fossi stata più attenta avrei potuto intravedere qualcosa.

«Come va?» mi chiese all'improvviso.

«Non mi sento più la fronte.»

«Ottimo segno. Riesci a tenerlo da sola un momento che prendo il portafogli?»

«Sì sì.»

Eravamo già arrivati e dovevo correre in bagno. Mi aiutò a scendere e salutò l'autista.

«Non prosegui?»

«Voglio essere sicuro che arrivi a casa sana e salva.»

«Non ce n'è bisogno.»

«Questo lo dici tu.»

«L'appartamento è minuscolo.»

«Vorrà dire che staremo appiccicati.»

Non potevo certo andare in bagno mentre lui era seduto a un metro da me, in cucina.

Sudavo freddo e non sapevo più se per il mal di pancia o per la sua presenza.

«Ed è ancora sottosopra, mi sono entrati i ladri e non ho avuto modo di sistemare.»

A quel punto si bloccò e cambiò espressione.

«A casa? Mi stai dicendo che qualcuno è entrato in casa tua? Quando?»

«Una settimana fa, più o meno. Poi non ne sono proprio sicura perché non mi hanno rubato niente.»

«Stregatti, sai che non ti ho capita?»

«Quando sono tornata a casa la porta era bloccata, come se qualcuno avesse forzato la serratura. Una volta dentro ho visto che era tutto a posto.»

Mi guardava per cercare di capire se quello che stavo dicendo poteva avere un qualche fondamento. Provava a leggermi dentro, come faceva un tempo.

«Mi sarò fatta suggestionare, ora che ci penso forse sono io che ho esagerato, vedrai che mi sono immaginata tutto. Perché mai qualcuno dovrebbe farlo?»

«Perché non me lo hai detto prima?»

«Oddio, avrei dovuto? Poi è successo la sera dopo... insomma, quella sera lì.»

La sua reale preoccupazione mi riportò indietro nel tempo, a Parigi, quando si era precipitato in ospedale.

«Entriamo subito» disse prendendomi per un braccio.

Era il solito tono che non ammetteva repliche e mi rassegnai anche perché non ce la facevo proprio più. Usciti dall'ascensore buttai un occhio verso l'appartamento di Letizia, le finestre erano aperte.

Infilai la chiave nella serratura e mi girai verso di lui.

«Ora sono a casa sana e salva, grazie per essere venuto.»

«Stregatti, non scherziamo» e mi spinse dentro.

Si guardò intorno.

«È davvero minuscolo.»

«Te l'avevo detto.»

«Mi sembra in ordine, dov'è il bagno?»

Appunto.

«È lì dentro» e gli indicai la porticina di legno.

«In cucina? Credevo che quella fosse la dispensa, sei sicura che non ti abbiano rubato niente?»

«Sicurissima.»

«Distenditi sul divano e dammi il ghiaccio. Ne hai altro in freezer?»

«Credo di no, ma ho i surgelati della Orogel.»

E lo guardai per vedere la sua reazione. Aveva esitato? Per una frazione di secondo aveva esitato, ne ero certa.

«Una busta di piselli farebbe al caso nostro» proseguì subito dopo.

Mi buttai sul divano, ero pazza, forse.

Un crampo lancinante mi fece capire che non potevo più aspettare e provai ad alzarmi.

«Che c'è? Ti senti male?»

«No no, mi sono ricordata che devo assolutamente dire una cosa a Letizia, la mia vicina.»

«In questo momento? Non puoi chiamarla e dirle di raggiungerti?»

«Impossibile. Lei è… è… si è rotta una gamba e non riesce a muoversi.»

«Chiamala.»

Avevo i sudori freddi.

«Non posso, si tratta di una sua cosa personale, molto delicata. Vado e torno.»

Mi alzai dal divano ma mi appoggiai subito al bracciolo, mi girava la testa. Galanti si precipitò verso di me e mi prese alla vita. «Lo vedi? Sei proprio una testona.»

«Sto bene, sto bene. Trovati i piselli?»

Aveva in mano una busta di surgelati.

«Non proprio, è un minestrone.»

Ci guardammo, questa volta ero io che cercavo di leggergli dentro.

«Che c'è?» mi chiese.

«Niente, è il nuovo della Orogel, funziona meglio del ghiaccio.»

Tu sei Alberto Ristori, pensai.

«Premitelo sulla fronte.»

Lo presi e mi diressi a passo di carica verso la porta d'ingresso.

«Vai piano.»

«Sì sì» e rallentai.

Dio mio se mi girava la testa. Appena uscita, iniziai a correre lungo il ballatoio con il minestrone sulla fronte.

«Letizia! Apri la porta!»

Silenzio.

«Fai presto!»

Mi ero attaccata al campanello tanto che si era affacciato anche il suo vicino.

«Che succede?»

«Fatti i fatti tuoi!» gli gridai. «Che c'è ancora il tuo tappeto appeso qui fuori.»

Richiuse la finestra senza neanche rispondere.

«Letizia aprimi, ti prego.»

«Un momento!»

«No sbrigati, non ce l'ho un momento, neanche mezzo.»

Quando finalmente aprì in accappatoio e con ancora i capelli pieni di schiuma, la spinsi dentro e mi lanciai in bagno.

«Che fai? Streghina, mi stavo facendo la doccia.»

«Scusa, non ce la faccio più.»

«Ma che cosa hai sulla fronte? È una cosa gigante.»

«Davvero?»

«*Belìn*.»

Mi infilai in bagno e chiusi la porta. E il mondo riprese a sorridere.

«Che sta succedendo?»

«Non so da che parte cominciare. C'è Galanti in casa mia, credo di avere un esaurimento nervoso e ho mangiato una poltiglia vegana che mi ha ridotto in questo stato.»

«E il ficozzo che hai sulla fronte? E soprattutto come diavolo sei riuscita a trascinarlo da te?»

«È venuto di sua spontanea volontà.»

«Impossibile.»

«Credimi.»

«Già che ci sono lo voglio vedere, dici che da qui riesco?»

«No dai, se ne può accorgere e poi gli ho detto che ti sei rotta una gamba.»

Silenzio.

«Letizia? Dove sei andata?»

Dopo neanche un minuto la sentii rientrare.

«Niente, *belìn*.»

«Meno male.»

«Streghina, io ti voglio bene e lo sai, ma ti manca molto? Mi starei surgelando.»

«Finito finito.»

Prima di uscire mi guardai allo specchio, che spettacolo terrificante, la fronte si stava ingrandendo, solo al centro però, come la pancia di una donna incinta.

Presi il minestrone, me lo schiaffai di nuovo in testa e uscii.

«In effetti hai ripreso anche colore.»

«Mamma mia, credevo di morire, ora che faccio? Non so gestirla questa situazione.»

«Non saprei gestirla neanche io però vai, così finisco di lavarmi.»

Mentre attraversavo il ballatoio sentii Letizia gridare, era di sicuro rientrata in bagno.

Quando arrivai davanti alla mia porta Galanti stava parlando al telefono e allora mi bloccai. Ero sempre stata abilissima a mimetizzarmi.

«Sono molto stanco, Giorgia, non ce la faccio più.»

Giorgia? Di nuovo?

«Certe volte non so neanche più chi sono e poi ci è andata di mezzo una persona. Ho trovato delle cimici.»

Cimici? Ma che schifo!

«Vediamoci alle dieci al planetario, questa storia deve finire e subito. Ti richiamo.»

A quel punto entrai.

Lo trovai in piedi in mezzo alla cucina, sembrava turbato e lo ero anche io. Ma perché? Se quello voleva incontrarsi con la sua fidanzata non era libero di farlo?

«Tutto bene?» gli chiesi.

«Tu, piuttosto?»

Fece un passo verso di me.

«Molto meglio, grazie.»

«Mi fai vedere il bernoccolo?» mi chiese prendendo la busta e scostandomela dalla fronte.

«Complimenti.»

Eravamo di nuovo così vicini, come era possibile? Forse gli facevo pena e non sapeva come togliersi di mezzo. Quel pensiero mi fece dimenticare tutto il resto, non volevo che restasse per senso del dovere.

«Senti» dicemmo entrambi, insieme.

«Scusa, parla prima tu» lo esortai.

«No, parla tu.»

«Non sentirti obbligato a rimanere, so cavarmela da sola.»

«Non mi sento obbligato.»

Bugiardo.

«È meglio se vai.»

«Come preferisci» e si avvicinò alla porta. «Grazie per i documenti.»

«È il mio lavoro, giusto?»

«Continua a tenere premuto il minestrone, ci vediamo domani.»

Quando se ne andò, mi sentii sola come non mai. Mi buttai sul divano con in testa l'Orogel e chiusi gli occhi, poi ripensai alle cimici e sollevai le gambe. Dovevo avvisare Gonzáles, il portiere, ma sapevo già che sarebbe stato inutile.

Così non andava affatto bene, era arrivato il momento di prendere una decisione per la mia vita. Se era bastata una pallina da squash sulla fronte a farmi dubitare di nuovo di me stessa dovevo fare in modo che questo non potesse più accadere. Avevo forse intenzione di far passare altri dieci anni in attesa che le cose cambiassero da sole? In attesa di un altro Alessandro che tornasse da Sydney? Lo avevo già fatto e sapevo come sarebbe andata a finire.

La vita ce la costruiamo con le nostre mani.

Quante cose erano cambiate da quando avevo corso in bici nella notte per soccorrere il mio conte Ristori.

Ventisette

Mi svegliai di soprassalto per lo squillo del telefono, era Maurizio che voleva sapere che fine avessi fatto. Stava andando a casa e non mi aveva visto tornare in ufficio.

«Ma che ore sono?» gli chiesi.

«Le sette.»

Dio mio, ma quanto avevo dormito? Tutto il pomeriggio?

«Sto bene, solo una botta in testa, ci vediamo domani?»

«Ovvio, a domani.»

Mi alzai, presi la busta del minestrone ormai scongelato e la buttai nel secchio. Avevo fatto un sogno assurdo, dei ladri erano entrati a casa mia, in realtà non erano dei veri e propri ladri perché da un punto indefinito del cosmo li osservavo mentre piazzavano dei microfoni nel lampadario Luigi XV, sotto il cuscino, in bagno, in cucina e nel WC. Poi si presentava Galanti alla mia porta con indosso una tuta bianca, enorme, diceva di essere del RIS. Il telefono aveva suonato proprio mentre lo stavo smascherando.

Feci una doccia per rinfrescarmi le idee, poi presi il foglietto con i miei appunti.

Il mio sogno parlava chiaro, le cimici non erano gli animaletti puzzolenti, che ci fossero delle microspie in casa mia? Chi poteva averle messe e perché? Questa volta non mi ero immaginata tutto, questa volta c'era davvero qualcosa di inquietante.

"Certe volte non so neanche più chi sono." Quella frase mi faceva venire i brividi.

Mi infilai il pigiama e corsi da Letizia. Quando suonai il vicino spalancò le finestre, ma non appena mi vide le chiuse immediatamente.

«Che succede?» mi domandò Letizia affacciandosi.

«Il tuo vicino mi odia.»

«Ma no, è tanto tenero, non vi capite. Sei venuta per dirmi questo?»

«Che fa nella vita?»

«È un artista, dipinge.»

«Quindi non fa niente.»

«Esatto, ora possiamo venire al punto?»

«Devi accompagnarmi in un posto.»

«Quando?»

«Stasera alle dieci.»

«*Belìn*, io starò già dormendo, ma perché?»

«Galanti ha appuntamento con una certa Giorgia al planetario, sono certa si tratti della sua fidanzata» Letizia mi guardava impassibile.

«Allora ho bisogno di prendere qualcosa di forte.»

«Brava, anche io» e feci un passo dentro.

«Raccontami tutto dall'inizio.»

E così feci o almeno ci provai.

«Siamo pratici» concluse. «Galanti ha un appuntamento romantico con la sua fidanzata al planetario e tu vuoi andare a disturbarli?»

«Sì, perché ho l'occasione di vedere finalmente questa Giorgia, dopo di che giuro che mi metto l'anima in pace.»

«A quell'ora solo Federico è sveglio, Bianca va a dormire alle sette di sera. Sono le otto, quindi sta già dormendo. Io la seguo poco più tardi.»

«E quindi?»

«E quindi prenditi una pasticchina e vai a dormire pure tu.»

«Va bene, hai ragione.»

«Davvero?»

«Sì.»

«Streghina.»

«Guardami, sono già in pigiama, vado a letto. Mi è anche venuto un mal di testa fotonico.»

«Ci credo, hai la fronte viola e sporgente come un terzo occhio.»

Ci salutammo e me ne tornai a casa ma non avevo alcuna intenzione di andare a dormire, le dieci era un orario fattibile e il planetario un posto affollato e in pieno centro, nel parco.

Ero solo indecisa sul mezzo. Bicicletta? Autobus? Taxi? Forse potevo prendere l'autobus all'andata e un taxi al ritorno o una Enjoy. Presi le chiavi e uscii.

Ventotto

Persi l'autobus, era fermo al semaforo proprio davanti alla fermata ma non c'era stato verso di farmi aprire le porte. A Milano andava così, se il conducente aveva già effettuato la fermata non riapriva più le porte. Fatto sta che arrivai al planetario dopo le nove.

C'era un mucchio di persone già in fila e un paio di visite guidate a cui mi ero accodata, evidentemente avevano aperto la struttura di sera per i gruppi.

Ora che mi trovavo lì non sapevo come gestire la situazione, non mi sembrava più una grande idea e mi sentivo in imbarazzo. Se Ristori mi avesse visto che cosa avrebbe pensato?

Più passava il tempo, più la mia sicurezza vacillava. Era stato un colpo di testa come quello di Parigi, ma che mi passava nel cervello? Perché dovevo sempre seguire quello che mi diceva la pancia? Che poi poteva essere anche una comune gastrite. Avevo preso da mia nonna, su questo non c'erano dubbi.

Ormai ero lì e bisognava andare fino in fondo, prima di tutto dovevo nascondermi e trovare un buon punto d'osservazione per guardare chi entrava, così avrei potuto vederli senza essere vista.

Per fortuna avevo preso la sciarpa, me la arrotolai intorno al collo e in parte sul viso, sembravo un rapinatore di banche, tanto perché non dovevo dare nell'occhio o una con una forte sinusite e dei problemi comportamentali.

Andai in fondo e aspettai. Entrava molta gente e tutta insieme tanto che non riuscivo più a distinguere le persone. Allungai il collo, in quel momento squillò il cellulare. Risposi a bassa voce.

«*Belìn*, lo sapevo o ti è venuta un'improvvisa tonsillite o sei al planetario.»

«Non posso parlare.»

«Come?»

«Sì sono qui, c'è un sacco di gente non ti preoccupare.»

«Non sento niente, chiamo Federico» e riattaccò.

Ecco, mi ero distratta. Spensero le luci e mi fecero accomodare al mio posto.

Per un attimo dimenticai le ragioni per cui ero andata fino a lì. La cupola si era illuminata facendo apparire le costellazioni e io ero rimasta senza fiato. Quando mi riscossi dal torpore iniziai a guardarmi intorno, girai la testa a destra e a sinistra, mi voltai anche un paio di volte. Dovevo cercare due persone che non stavano guardando in alto, a meno che non fossero realmente interessate alla volta celeste.

Feci il giro due, tre volte e poi li vidi o meglio vidi due persone con il capo chino e già questo mi sembrava un ottimo indizio.

Il cuore perse un battito, forse due. O stavo per raggiungere zio Carmelo o avevo appena scoperto qualcosa. La luce delle costellazioni illuminava i volti di chi le osservava, ma non i loro, era impossibile per me scoprire se effettivamente si trattava di Galanti. Dovevo aspettare la fine del tour, dovevo aspettare che il clown sul palco terminasse di spiegare le ottantotto costellazioni. Ottantotto? Ci avrebbe messo una vita. E se quelli fossero usciti prima?

Mi volevo alzare per avvicinarmi, come potevo farlo senza essere vista?

La toilette. Usai la sciarpa e mi coprii anche la testa, ora sì che sembravo Carrie Mathison o sempre una con la sinusite e dei seri problemi comportamentali.

«Scusi, permesso» dissi a bassa voce a quello seduto accanto a me. «Dovrei passare, un mal di pancia…»

Sgusciai verso il fondo e controllai, non si erano scomposti. Se anche Galanti mi avesse visto, ammesso che fosse lui, non mi avrebbe riconosciuta. "Se le persone non si aspettano di trovare qualcuno in un posto, difficilmente sono portate a riconoscerlo" era una delle massime di mia nonna.

Aspettai la fine della proiezione senza togliere gli occhi di dosso a quei due e non appena si accesero le luci lo vidi, era Galanti non avevo dubbi.

La gente iniziava ad alzarsi e a defluire e per poco non li persi di vista. Li riagganciai più avanti, vicino all'ingresso. Tirai un sospiro di sollievo, ma durò pochissimo perché si separarono, uno a destra l'altra a sinistra. E ora? Chi dovevo seguire? Se quello era Galanti, e ne ero quasi certa, allora volevo scoprire chi fosse l'altra. Presi la decisione in un secondo e mi lanciai all'inseguimento della donna.

Ci inoltrammo per un breve pezzettino nel parco e siccome non avevo alcuna intenzione di essere violentata, non ci pensai due volte e la chiamai.

«Scusi?»

Che potevo inventarmi?

«Scusi?» continuai e la raggiunsi con una breve corsetta. «Solo un'informazione. Mi sono persa e…»

Quando si voltò verso di me, mi sembrò che la terra sotto i piedi si spalancasse perché persi l'equilibrio. Riconobbi il cappotto di cammello poi i suoi capelli e infine i suoi occhi. In ospedale non avevo notato che fossero così belli.

«G… Giorgia Affori?»

«Prego?»

Mi tolsi la sciarpa dalla testa e anche lei mi riconobbe, esitò per un momento, poi subito si ricompose.

Scoppiai a piangere. Non me lo aspettavo, non ero una dal pianto facile. Non so che cosa mi prese, mi ero emozionata, spaventata o forse più semplicemente era bellissima e avevo ragione io, avevo sempre avuto ragione io. Se quella era al planetario con Galanti e in ospedale con Ristori allora Galanti e Ristori erano la stessa persona e Giorgia era la loro fidanzata.

Eravamo una di fronte all'altra, ci guardavamo senza dire una parola poi lei vide qualcosa o qualcuno alle mie spalle, fece di sì con la testa, girò su se stessa e si allontanò.

«Un momento» gridai.

«Stregatti» sentii una voce dietro di me, la voce di Galanti. Mi voltai e me lo trovai di fronte.

«Camminiamo» mi disse.

Non so perché ubbidii, gli ubbidivo sempre.

Aveva le mani nelle tasche dei pantaloni e guardava avanti.

«Sei una testa dura.»

«Sì.»

«Ti ho visto sgattaiolare fuori dal planetario.»

Tanto perché non volevo passare inosservata.

«Ora devi ascoltarmi» proseguì. «Ti sei messa in mezzo a una cosa più grande di te.»

Riuscivo solo a pensare a Ristori, al mio Ristori.

«Voglio vedere il polpaccio.»

«Ne hai davvero bisogno?»

«Sì.»

Lo vidi piegarsi e sollevare il pantalone, l'occhio e il pirata erano lì e per poco non svenni, cosa che sarebbe piaciuta a Bianca, faceva molto Paolina Borghese.

«Com'è possibile?» piagnucolai, mi davo fastidio da sola. In fondo non era quello che avevo sempre pensato? Ora che la verità era davanti a me mi resi conto che non volevo accettarla. Speravo avessero ragione i miei amici, speravo di essere pazza.

«Devi partire subito.»

«Perché?»

«Domani mattina. Torna a Bari, allontanati.»

Non mi usciva un suono.

Chi era veramente la persona che mi camminava accanto?

«Giorgia è la tua fidanzata?» che razza di domanda avevo fatto? Tra tutte quelle che avrei potuto rivolgergli, chiedergli se Giorgia era la sua fidanzata mi sembrava la meno rilevante.

«Sì.»

«Sì è la fidanzata di Alberto Ristori o sì è la fidanzata di Riccardo Galanti?»

«Hai sentito quello che ti ho detto? Devi andartene, mi hai messo nei guai, Stregatti, guai seri. Ci sono delle cimici a casa tua che non ho potuto rimuovere, si sarebbero accorti di essere stati scoperti.»

«E chi si sarebbe accorto di essere scoperto? Di cosa poi? E non hai risposto alla mia domanda.»

Si passò una mano tra i capelli. Era preoccupato.

«Alberto Ristori è fidanzato. Alberto Ristori ha una storia che dura da cinque anni con Giorgia. Sei più tranquilla ora?»

Insomma.

«Devi ascoltarmi, ti prego,» si addolcì «non puoi restare a Milano.»

«Sei un ex galeotto russo?»

«Come?»

«Sei un infiltrato? Sei un uomo pericoloso? Cattivo? Chi sei davvero?»

«Tu mi conosci.»

«Ma che stai dicendo.»

«Guardami, Stregatti, pensi davvero che io sia cattivo? Che sia un ex galeotto?»

«No.»

«Bene, allora fai le valigie e parti.»

«Non è giusto» gridai. «Avevo già deciso di allontanarmi da te in qualche modo, di cercare di cambiare rotta e tu mi hai tolto anche questa soddisfazione.»

Ora era lui a essere stupito.

«Il problema non sei tu o la tua identità. Non mi piace vedere quello che fai ai miei colleghi, vedere con che disinvoltura lo fai. Non mi piace quello che sento quando sono con te, come ieri sera per esempio. Non mi piaci tu.»

A sorete, qui l'avevo sparata grossa.

«Ok, capisco» disse solo.

Tutto qua?

La sua calma mi destabilizzò.

«Mi licenzio» lo dissi con troppa enfasi.

«E non perché me lo dici tu, ma perché penso di meritare di meglio. Come dice Julia Roberts a Richard Gere in *Pretty Woman:* "Tu mi hai cambiata e ora non puoi cambiarmi di nuovo". Certo, lei si riferiva al fatto che era una prostituta prima di conoscerlo, ma il senso è quello.»

«Domani mattina lasciami le tue dimissioni sul tavolo.»

Quindi? Era tutto finito? Quella sarebbe stata l'ultima volta che lo vedevo?

«E se andassi alla polizia?» sparai l'ultima cartuccia del caricatore.

Si bloccò e mi guardò negli occhi. «So che non ci andrai perché mi fido di te e perché non ti crederebbero. Concedimi una settimana, massimo due. Dopo potrai fare quello che ritieni giusto, tornerai alla tua vita e non sentirai più parlare di me.»

Ecco, avrebbe dovuto rendermi felice, allora perché non lo ero?

«E le cimici? Non posso restare a casa.»

«Appunto, stanotte dormi fuori. A quelle penserò io.»

«Non pretenderai certo che mi fidi di te?»

«Fai finta di essere ancora nell'armadio di tua nonna. Ti chiedo solo quindici giorni, dopo potrai uscire e tornare alla tua vita» smise di parlare. «Si sta avvicinando qualcuno» disse all'improvviso.

Mi voltai e vidi un puntino correre verso di noi, quando mi girai di nuovo verso Galanti era scomparso.

Ecco, violentata nel parco Indro Montanelli.

«Stregatti!» gridava il puntino sbracciandosi.

Senza occhiali non vedevo niente.

«Federico?»

«Sono due ore che ti chiamo.»

«Che ci fai qui?»

«Come che ci faccio? Sono con due medici del manicomio. Aspettano in macchina, insieme a Letizia.»

Scoppiai a ridere.

«Ridi ridi, prima o poi li chiamo davvero.»

Lo abbracciai.

«Fede, credo di avere fatto un incubo terribile, non può essere vero. Saliamo in macchina che vi racconto.»

Mentre tornavamo indietro mi voltavo di continuo per vedere se adocchiavo Galanti, ma di lui non c'era più neanche l'ombra.

Letizia ci aspettava nell'Enjoy.

«Spero tu abbia una notizia bomba perché sono le undici e io dovrei essere già a letto.»

«Una vita vissuta pericolosamente» intervenne Federico.

Letizia sgommò abbattendo un cartello pubblicitario sul marciapiede.

«Bisogna lasciare che guidino solo gli uomini.»

«Ma se tu neanche hai la patente!»

«Appunto. Dicevo gli uomini.»

Rimasi a dormire da Letizia e feci un sogno incredibile.

Io, Lavinia e Sofia mascherate da Abba cantavamo e ballavamo su un palco *Dancing Queen*.

«*Tu sei la regina danzante, giovane e dolce. Appena diciassettenne. Regina danzante, senti il battito del tamburello. Puoi ballare, puoi scatenarti, goderti la tua vita... fatti sotto regina danzante.*»

In preda al mio delirio canoro per poco non feci cadere dal letto Letizia.

«*Belìn*, Streghina, il fatto che tu avessi sempre avuto ragione non ti autorizza a torturarmi in questo modo.»

«Che poi non mi sento proprio una regina danzante.»

«Non ci assomigli, in effetti. Sicura che non vuoi andare alla polizia?»

«Sicura.»

Trascorsi il resto della notte a contemplare il soffitto cosparso di stelline di plastica fosforescenti.

Ventinove

Ero a Bari da più di una settimana.

La mattina dopo l'episodio del planetario avevo fatto velocemente le valigie e mi ero presentata in ufficio all'alba. Per fortuna non avevo incrociato nessuno, avevo scritto le mie dimissioni lasciandole sul tavolo di Galanti o Ristori.

Nella mia mente malata speravo di trovarlo in ufficio, speravo mi fermasse, insomma nei film succedeva sempre. Forse voleva aspettare che io fossi sull'aereo per potersi scapicollare a Linate e cercare disperatamente il mio volo. Non mi avrebbe trovato perché avevo preso il treno.

E anche in stazione mi giravo cercandolo, mi sarebbe piaciuto vederlo correre sui binari come Jurij Andrèevič ne *Il dottor Živago*, anche se il povero Jurij alla fine era morto d'infarto.

A casa di Letizia eravamo tutti increduli, più loro di me, io lo avevo sempre saputo.

Federico aveva cercato di farmi ragionare, voleva che andassi alla polizia, le cimici sarebbero state delle prove.

Riuscivo solo a pensare a quello che mi aveva detto Ristori, lo avevo messo nei guai. In che modo? Chi erano quelli che mi stavano spiando e perché? Di certo erano state messe il giorno in cui non ero riuscita a entrare in casa, ecco spiegati i cambiamenti, non avevo le allucinazioni.

Da quando ero a Bari non pensavo ad altro e mia madre era disperata, disperata perché avevo perso il lavoro, disperata perché non avevo un uomo. Tutte le mie ex compagne di classe, compresa Celeste, si erano sposate o sistemate, come diceva lei, mentre io ancora no. Ed era importante che me lo facesse notare perché senza di lei non me ne sarei mai accorta. La sentivo discutere con mio padre che le rispondeva a monosillabi.

Trascorrevo le giornate tra la camera da letto e la cucina o tra la cucina e il soggiorno.

«Almeno togliti il pigiama» mi gridava.

«Perché?»

L'unica consolazione era Luigino che nonostante tutto cresceva bene. Modestina abitava a due isolati da me, non era necessario neanche che mi vestissi. Mi infilavo la giacca sopra il pigiama e uscivo.

«Non ti capisco» mi diceva. «Reagisci, non ti ho mai vista così, almeno lavati, santo cielo. Approfitta di questa chiusura forzata e riprendi a scrivere, sistema il curriculum.»

«Non ce la faccio.»

«No, Luigino fermati! *Madò*, quello si butta di sotto.»

«Ma si butta dove?»

Siccome il povero Luigino aveva iniziato a camminare, era in continuo pericolo.

Le malattie le aveva superate, anche se la minaccia era sempre dietro l'angolo, il problema vero adesso erano le finestre, nel senso che poteva aprirle e buttarsi. Inutile farle notare che Luigino era alto quanto un fagiolo e che io stessa per aprirne una dovevo prendere la scala. A sentir lei, il pericolo c'era e andava arginato.

Nonna gridava a tutti di lasciarmi in pace ma dal momento che nessuno la capiva le sue richieste rimanevano inascoltate.

«*Sciame a Sande Necòle*» mi disse una mattina.

«No nonna, a San Nicola non ci vengo.»

«*Sciamanine.*»

E così quella mattina ci incamminammo come tanti anni prima lungo la strada che portava alla cattedrale di San Nicola. Ovviamente ci impiegammo due ore.

«Signora Berta, devo passare da lei, non sa quante cose…»

«Eh.»

E ancora.

«Berta, è tua nipote?»

«Purtroppo.»

«Non la riconoscevo, com'è cresciuta. Noi ci vediamo nel pomeriggio allora?»

«Eh, certo.»

E poi.

«Signora Berta, mio figlio! Mio figlio ce l'ha fatta.»

«*Bbune, brave.*»

«Nonna, se dobbiamo andare, andiamo. In fretta però che voglio tornare a casa.»

«*Citte*, ssst.»

Alla fine arrivammo alla cattedrale. Anche il parroco volle sapere qualcosa riguardo il famoso nipote che ormai era nato e andava anche all'università, mi sedetti su una panca ad aspettare.

Dopo poco mi raggiunse.

«La vita non ha senso se non troviamo la nostra metà giusto?»

«*Ci te l⊠à ditte?*»

«Tu.»

Mi diede uno schiaffo sulla guancia e subito dopo si fece il segno della croce.

«Ahi nonna!»

«*Le femmine non tenghene bisogne di nesciune. U rispette de nu assule, e avaste.*»

«Eh ma allora san Nicola?»

«Sande Necòle dde stè. Vine.»

San Nicola infatti era lì e lo guardai. Poi tornammo indietro senza scambiarci più una parola, nonna ne aveva dette già troppe per essere lei, io sapevo che era tempo di agire. Dovevo cogliere l'opportunità che mi era stata data e cercare di cambiare definitivamente il corso della mia vita.

Quando avevo accettato di lavorare alla Pimpax lo avevo fatto con la consapevolezza che non sarebbe durato, doveva essere un lavoro di passaggio. Invece mi ero seduta e nonostante mi rendesse infelice e insoddisfatta non l'avevo più lasciato.

Ora ero una donna nuova, un po' come Federico, solo che a lui riusciva meglio. Lentamente sarei uscita dal guscio e avrei avuto tempo per me stessa, tempo che dovevo mettere a frutto.

Ogni tanto nonna mi leggeva le carte e insisteva sulla faccenda dei due cristiani, mi diceva di stare tranquilla, tutto si sarebbe sistemato.

Volevo disperatamente dimenticare Galanti ed essere pronta a quello che la vita aveva ancora da offrire, nella speranza che avesse ancora qualcosa da offrire.

Di certo ora sapevo che non dovevo più aspettare il principe azzurro per essere felice, la felicità me la sarei dovuta costruire da sola perché nessuno doveva portare sulle spalle la responsabilità di completare quello che mancava a un altro.

La sera del decimo giorno successe un fatto che per certi versi rimise le cose in ordine, per altre mi allontanò per sempre dalla vita precedente.

Ero in camera che cercavo di sistemare il mio curriculum quando squillò il cellulare, era Maurizio.

«Amore, stai guardando la televisione?»

«No.»

«Accendila subito! Rai1, poi richiamami.»

Mi trascinai stancamente in salone, i miei erano atterriti davanti al Tg.

«Stavamo per chiamarti. Guarda» disse mia madre indicando lo schermo. La prima cosa che vidi fu Guidieri ammanettato, la polizia aveva fatto irruzione nella sua villa alla periferia di Parigi, quartiere Neuilly-sur-Seine.

Mi buttai sul divano, schiacciando nonna che borbottò una cosa incomprensibile anche per me, si alzò e se ne andò in cucina.

Traffico di stupefacenti alla Pimpax Spa, diceva il cronista. *Cocaina nascosta negli assorbenti alla lavanda e spedita nei paesi dell'est e in Russia. Dopo un'indagine durata due anni...*

Non riuscivo a distogliere lo sguardo dalla moglie di Guidieri sorpresa mentre nuotava in piscina, in piedi davanti alla polizia francese sembrava più seccata dall'inopportuna interruzione del suo bagno che preoccupata per il marito. Indossava un accappatoio, degli zoccoletti con i tacchi e l'intera gioielleria di famiglia, non emetteva un suono.

Che cosa mi aveva detto Galanti? "Allo scadere dei quindici giorni tu tornerai alla tua vita e non sentirai più parlare di me", riuscivo a pensare solo a questo, perché mentre il puzzle prendeva forma sotto i miei occhi, il conte Ristori, il mio, era uscito definitivamente dalla scena. Era davvero finita. Tornai in camera e chiamai Maurizio.

«Visto?» mi chiese.

«Sì.»

«Ma come pensi sia potuta succedere una cosa del genere? Insomma noi siamo sempre stati lì. Oddio, sto male, prima sono svenuto.»

«E che ne so, Mauri, ho bisogno di un po' di tempo.»

«Allora vado a svenire di nuovo. A dopo.»

Passai la serata incollata davanti alla televisione. Gli assorbenti alla lavanda tanto voluti da Guidieri erano serviti per contrabbandare cocaina. Un'operazione internazionale durata più di due anni aveva portato alla luce il traffico di stupefacenti. Guidieri era stato bravo. Doppie spedizioni che camuffava abilmente grazie alla fiducia di Sofia e all'incompetenza del povero Tondelli. La Pimpax era stata portata sul lastrico mentre lui si era arricchito a dismisura, ma era stato fermato. Solo quando le telecamere dell'ennesimo servizio mostrarono la polizia russa che faceva irruzione nel covo dei contrabbandieri, il mio cuore smise di battere. Il volto dell'uomo che aveva cercato di darmi un passaggio a Parigi non era facile da dimenticare e ora era lì, inquadrato insieme ad altri. In che cosa mi ero imbattuta quella notte? Se non fosse arrivato il taxi che cosa ne sarebbe stato di me? Non mi era ancora chiaro il ruolo di Galanti o Ristori, né riuscivo a capire perché avesse incontrato Guidieri a Parigi. Ma mi addormentai prima di essermi data delle risposte. Ero sfinita.

E ovviamente feci un incubo.

Galanti era rinchiuso nelle prigioni russe, lo avevano arrestato mentre passava la frontiera con un sacco di assorbenti alla lavanda. «Sono Alberto Ristori» gridava ma nessuno gli dava ascolto, allora era stato messo in una cella di isolamento dove con un ferro rovente si tatuava un occhio sul polpaccio. Mi svegliai tutta sudata e non riuscii più a riaddormentarmi.

Forse stavo iniziando a capire. Ma a cosa sarebbe servito ormai?

Trenta

La mattina ero uno spettro.

«*Lavate*» aveva gridato mia nonna.

«Non mi va.»

«*Lavate.*»

Mi lavai ma mi infilai di nuovo il pigiama, un altro però, pulito e con la faccia di Simon Le Bon fotografata sul davanti. Non si buttava mai niente in quella casa.

Avevo passato tutta la mattina a guardare telegiornali, facendo zapping tra Sky Tg24, Rai News e notiziari vari. Cercavo di cogliere un nome familiare, ma Galanti sembrava non essere mai esistito. Parlavano di indagini durate quasi due anni. Chi aveva indagato? E come era possibile che nessuno si fosse mai accorto di niente? Il responsabile era solo Guidieri e per poco non ci erano andati di mezzo tutti o meglio i tutti che contavano.

E mentre ero distesa sul divano a guardarmi *Top Gun* e a piangere, non facevo altro che rispondere alle telefonate di Federico, Bianca, Letizia e Maurizio, che avevo sentito altre quattro volte.

Persino Sofia si era fatta sentire.

«Grazie, Penelope» mi aveva detto. «Grazie di avermi avvisata.»

«Ma come è potuto succedere?»

«Guidieri faceva il doppio gioco, pare. Passava false informazioni a Galanti per confonderlo e cercare di uscirne pulito. Se penso a tutte le volte che mi ha fatto firmare bolle al posto suo. Io mi fidavo.»

Su questo punto la potevo capire bene.

«E adesso che cosa farai?»

«Si ricomincia. Ho molte idee, ne ho parlato anche con Lavinia, vorremmo aprire una nostra agenzia e vorremmo che fossi dei nostri, avere in squadra una che parla quattro lingue può tornare utile. Perché noi siamo una squadra, giusto?»

«Sì, lo siamo.»

Non potevo crederci, il mondo si era capovolto.

Tornai a guardare la fine del film e quando il telefono squillò di nuovo, decisi di ignorarlo. Quello insisteva, guardai il display, numero sconosciuto. Decisi di rispondere.

«Penelope Stregatti?»

«Sì?»

«Sono Arturo Rosati.»

Rimasi senza fiato.

«Pronto?»

«Sì sì.»

«Ho avuto un'idea, ma non so se è una strada percorribile.»

«Ti ascolto.»

«Dieci, dodicimila battute, la storia della Pimpax da insider. Per il pagamento ti faccio sapere.»

Risposi a tutto con un «sì, certo», era l'unica frase che riuscivo a dire e quando riattaccai ero così felice che persino la morte di Goose in *Top Gun* non mi faceva più effetto.

«Ti concederò di essere il mio aereo d'appoggio» diceva Iceman.

«Balle, sarai tu il mio» gli rispondeva Maverick.

La rinascita di Tom Cruise corrispondeva alla mia solo con tempi differenti, i miei erano stati un pochino più lunghi dei suoi. Mancava all'appello solo Luisa Ranieri, se mi avesse telefonato anche lei per dirmi che i test sessuali di Girl Power non potevano fare a meno di me sarebbe stata la quadratura del cerchio. Sapevo che lei non mi avrebbe mai richiamata, per fortuna.

Scattai in piedi, dovevo togliermi quel maledetto pigiama. La vita poteva sorprenderti in mille modi, ma avevo imparato una cosa: avevo sempre puntato sul cavallo sbagliato. Ripensai alla lista dei desideri, alle prime tre posizioni avevo messo innamorarmi, trovare l'uomo giusto, sposarmi. La mancata realizzazione dei primi tre aveva bloccato tutti gli altri, dovevo puntare su di me, il cavallo Penelope Stregatti. Non certo un purosangue ma neanche un ronzino.

Decisi di vestirmi e non solo per la storia del purosangue e del ronzino, ma perché dovevo comunque accompagnare Modestina dal pediatra. O meglio, Luigino.

«Ma che cos'ha questa volta?» le chiesi mentre passeggiavamo verso lo studio medico.

«Non lo senti?»

«No.»

«Rantola a mamma! Tu piuttosto che cosa tieni?»

«Niente, rantolo anche io.»

Modestina si era fermata in mezzo alla strada e mi aveva guardato.

«Stai a sentire a me, Penelope.»

Mi aveva afferrato un braccio per essere sicura di avere tutta la mia attenzione: «Io sono felice che tu stai qui a Bari. Ma questo non è il posto tuo, capisci? Scrivi l'articolo per Rosati, torna a Milano, torna alla tua vita».

Avere per un momento tutta l'attenzione di Modestina ebbe l'effetto di un vero e proprio risveglio.

«Uh Madonna mia bella, hai sentito?»

Ecco, il momento era già finito.

«Che cosa?»

«Che tieni, a mamma?»

«Ha respirato!»

«No, ha rantolato!»

«A me non sembrava.»

Il pomeriggio dal pediatra si concluse in fretta per fortuna. Modestina era riuscita a trovare il tempo di approfondire la questione Rosati, nonostante i rantoli di Luigino, e mi aveva convinta. Tanto che una volta tornata a casa lo avevo chiamato e ci eravamo accordati per l'articolo. Glielo avrei dovuto consegnare quella sera stessa. Mi misi subito al lavoro e senza neanche rendermene conto il pezzo prendeva forma con una stupefacente facilità.

Controllai tutte le informazioni su Internet, ripescai i notiziari e chiamai un paio di volte Sofia per interrogarla su Guidieri. Intorno alle dieci di sera avevo il mio articolo ed ero felice come non lo ero mai stata.

Sofia mi aveva anche confermato che entro un mese la loro agenzia sarebbe partita e che mi volevano in squadra. Avevo preso tempo ma in quel momento compresi che la mia vita stava per ripartire e che di tempo ne avevo sprecato fin troppo. Il giorno dopo l'avrei chiamata per accettare. Rilessi l'articolo e lo mandai. Era fatta, mi sentivo viva. Galanti era un ricordo lontano.

Trentuno

Milano non poteva più aspettare, e nemmeno la nuova vita che avevo davanti: Sofia e Lavinia, i miei amici, magari l'amore, una nuova avventura.

Erano passate due settimane dall'uscita dell'articolo sul Corriere della Sera ed era stato un successo. Rosati mi aveva chiamata per complimentarsi e per dirmi che avrebbe fatto di tutto per mantenere la nostra collaborazione. Mamma aveva comprato tutte le copie nelle edicole del nostro quartiere e limitrofi, poi aveva organizzato un tè con le amiche e le aveva distribuite. Nonna l'aveva incorniciato e appeso sopra il tavolo dove era solita leggere le carte ai clienti. Non sapevo se sarei mai riuscita a diventare una giornalista ma sapevo che non ero una mezza mela e che bisognava combattere per i propri sogni. In questo aveva ragione Galanti o Ristori, il vero fallimento era non provarci, non cogliere tutte le occasioni che la vita ci offriva.

Ero andata dal parrucchiere e mi ero messa a dieta, nonostante le proteste di nonna.

E un giorno, davanti a un negozio di biancheria intima, avevo chiamato Maurizio.

«Adoro!»

«Ma che tipo di cose devo comprare?»

«Tripudio di pizzo e raso. Nero. Poi però vai anche a depilarti.»

Mancavano pochi giorni alla mia partenza e mi sentivo bene, carica, attraversata da una serenità tutta nuova.

Una sera squillò il telefono, numero sconosciuto.

«Stregatti.»

Solo sentire il suono della sua voce mi aveva accelerato i battiti cardiaci e seccato le fauci.

«G… Galanti, cioè Ristori… Madonna santa» mi sedetti sul letto con un colpo secco. Poi restai muta.

«Ci sei?»

«Mmm…»

«Lo prenderò per un sì.»

«Mmm…»

«Ho letto il tuo articolo. Bello, bello davvero.»

Niente. Non mi usciva un suono.

«Allora ho pensato che forse una spiegazione te la dovevo.»

«Quindi… quindi mi hai chiamato per questo?»

«Sì.»

E certo, che cosa mi aspettavo?

«Volevo ringraziarti per avere avuto fiducia in me.»

«Prego.»

Che cosa significava quella telefonata? Gli facevo pena? L'orgoglio che credevo di avere ucciso con Alessandro si fece sentire in tutta la sua forza.

«Stregatti…»

«Sì?»

«Volevo anche dirti che ora puoi tornare alla tua vita.»

«È esattamente quello che ho intenzione di fare e se mi hai chiamata per questo…»

«Mi dispiace averti ferito.»

Dovevo tenere duro.

«Va bene, me lo hai detto e ti sei alleggerito la coscienza.»

Silenzio.

«Ho io una domanda per te, tu chi sei?»

Sentii un respiro profondo, poi un altro. Forse avevo esagerato?

«Certe volte non lo so neanche io, certe volte non so più chi sono.»

Era la frase che gli avevo sentito dire al telefono e mi vennero i brividi. Deglutii.

«Sono la persona che tu pensi che io sia, Stregatti.»

«Eh? Non mi stai dicendo niente! Che cosa mi hai chiamato a fare? E Giorgia? E Guidieri? E il tuo ruolo in questa storia?»

«Volevo solo dirti che mi dispiace e che non volevo ferirti, e se l'ho fatto è stato per proteggerti. Mi sembrava giusto fartelo sapere. Puoi riprendere la tua vita da dove l'avevi lasciata. Anzi, puoi fare di meglio.»

Sembrava sincero e mi addolcii.

«Già, e un po' lo devo anche a te.»

«Mi fa piacere sentirtelo dire.»

«Questa telefonata suona come un addio.»

«Lo è.»

Quando riattaccai ero stordita ma in pace. In quel momento sentii che nonostante avessi chiuso in modo definitivo con Ristori non sarei più tornata a essere una mezza mela, la trasformazione si era compiuta ed era irreversibile, per fortuna.

Ora ero pronta per un uomo in carne e ossa, anche se sarebbe stato difficile eguagliare il conte. Avevo bisogno di quella telefonata, ora potevo davvero ricominciare.

Quella notte sognai Meryl Streep, o meglio, io ero Meryl Streep ed ero vestita con una tunica sgargiante, e cantavo *The*

Winner Takes It All sul molo di Bari, il mio preferito, di fronte a un Ristori muto ed esterrefatto.

Un gran bel sogno, soprattutto perché ero Meryl Streep.

Trentadue

«*Iosce te vengono ad acchia*» mi aveva detto nonna affacciandosi in camera quella mattina.

«Eh? Chi è che mi viene a cercare oggi, nonna, che dici?»

«Due cristiani.»

«Ancora con questa storia dei due cristiani?»

«*Arrète, arrète.*»

«E poi ora hai deciso che sono due?»

«*Madò a sande Necòle!*»

Non le avevo dato retta e avevo iniziato a fare le valigie.

Avevo passato il mio ultimo giorno a Bari a comprare chili di biancheria intima che ora mi toccava ficcare in valigia con scarsi risultati. Sarei partita il giorno dopo all'alba con il treno e per compiere il rito dei bagagli avevo voluto indossare per l'ultima volta il pigiama di Simon Le Bon, prima di liberarmene definitivamente.

Dopo la telefonata di Ristori non vedevo l'ora di tornare. Era come se mi avesse tolto un peso dallo stomaco. Mi sentivo più leggera e a Milano c'era bisogno di me, Letizia si era di nuovo fatta infinocchiare da Goffredo.

«Dice che l'amore non va incasellato.»

«Eh?»

«Quando gli ho chiesto che tipo di storia avevamo, lui mi ha risposto che io cerco di incasellare sempre tutto ma che il mondo dell'anima non va avanti per incasellamenti. Procede per intuizione.»

«Questo o è un pazzo o è un genio.»

«Poverino, ha tanti problemi.»

«Sì, come no, e come la mettiamo con il tempo? Non uscite mai!»

«Per lui il tempo si misura in base alla qualità e all'intensità delle cose.»

«Comodo.»

«Mi ha citato persino Ben Harper, ci sono persone che ti stanno accanto una vita e non te ne accorgi, e poi ne incontri una, una sera, e ti entra dentro per sempre.»

«E tu in quale categoria rientri?»

«*Belìn*, non gliel'ho chiesto, altrimenti dice che incasello.»

«I due cristiani» disse nonna, spalancando la porta e interrompendo i miei pensieri e le manovre di chiusura bagagli.

«Eh?»

«*La porte, ànno suonate.*»

«Ma stai fumando uno spinello? Sai che mamma diventa un'iguana.»

Fece spallucce e uscì dalla stanza.

La valigia era appoggiata sul letto, non si chiudeva. Provai a sedermici sopra, niente. Mi sdraiai a pancia sotto, niente. Fu in quel momento che la sentii, *My Baby Just Cares For Me*. Pensai di essere diventata pazza e continuai a fare forza.

«Ciao, terremoto.»

«Come?»

Ero sdraiata sulla valigia a quattro di bastoni e non riuscivo neanche ad alzarmi.

«Ti do una mano io, Stregatti?»

Afferrai il braccio che vedevo davanti a me e mi alzai.

Rimasi impietrita.

Dopo la nostra telefonata avevo creduto veramente che fosse un capitolo chiuso, e invece ora Galanti o Ristori o chiunque fosse era in piedi di fronte a me con un sorriso mozzafiato, il cellulare in mano da cui usciva la canzone e i suoi meravigliosi occhi che erano tornati verdi, non aveva neanche più la barba. Insomma era Ristori, anche se in quel momento sembrava più il conte Ristori di Elisa di Rivombrosa che il mio. Era trascorso più di un mese dall'ultima volta che lo avevo visto, eppure a me sembravano passate due ore. Che cosa era venuto a fare?

Avrei dovuto riceverlo con distacco e dignità, e invece ero di fronte a lui inebetita, in pigiama e con la faccia di Simon Le Bon appiccicata sul petto, a grandezza naturale.

«Ti hanno tagliato la lingua?»

«Sì, no, non so che fare. Credevo non ti avrei più rivisto» cambiai tono, finsi disinteresse. Incrociai le braccia tutta impettita, a lui cadde l'occhio su Simon.

«Che bel pigiama.»

«Pensa che di notte si illumina, è fosforescente» tentai di tenere il punto, ma era molto difficile conciata in quel modo.

«Molto intrigante.»

Appunto.

«Vai sempre a letto così?»

«Nooo» indosso quello felpato. «Di solito in baby doll!»

Mi si parò davanti l'immagine della Saccarotti e mi vennero i brividi.

«Sei in partenza?» mi chiese all'improvviso.

«Sì, torno a Milano. Me lo hai detto tu che potevo farlo.» Aggiunsi con una punta di sarcasmo.

«E poi ho un mucchio di cose da fare» era un'impresa sentirsi credibile con quel pigiama.

«Come sei arrivato fin qui?»

«Con l'aereo.»

«Volevo dire come facevi a sapere dove trovarmi? Se la tua idea era quella di non vedermi più, perché ora sei in piedi davanti a me con quella… quella canzone! Insomma, sei un sadico? Un torturatore? Un…»

«Sono venuto per te, Stregatti.»

Crollai a peso morto sulla valigia che a quel punto si chiuse.

«Forse è meglio se ti alzi da lì.»

«Certo certo» e ubbidii, come sempre.

Avevo il cuore in gola e la bocca secca.

«Quello che stava fumando tua nonna era uno spinello?»

«Sì.»

«Ne aveva tutto l'aspetto in effetti, e l'odore.»

«Galanti o Ristori o come diavolo ti chiami, puoi venire al punto?» avevo iniziato a battere i piedi per terra come quando da bambina mamma si rifiutava di darmi altre caramelle. «Ho passato l'inferno per colpa tua e ora sei qui davanti a me con quella tua aria strafottente a parlarmi del mio pigiama e degli spinelli di mia nonna?!»

«Voglio parlarti, Stregatti, posso?»

«Sì, però poi mi lascerai in pace?»

«Promesso.»

«Ti ascolto.»

«Non so proprio da che parte cominciare.»

«Dall'inizio?»

«Posso sedermi?» mi chiese, indicando il letto.

«Certo.»

Ero in piedi di fronte a lui e non sapevo bene che cosa aspettarmi.

«Sono un infiltrato.»

«Ah, sai che novità» esclamai, facendo spallucce.

Sollevò lo sguardo, sorpreso.

«C'è qualcosa che vuoi dirmi che io ancora non sappia? Per un po' ho creduto che tu fossi un ex galeotto…»

Cercavo di alleggerire l'atmosfera, mi sembrava così stanco e provato.

«Anche.»

«Eh?»

«Quello che voglio dire è che tutta la mia vita è finta, anche quella apparentemente normale è costruita *ad hoc*. Il fatto è che non so mai dove mi manderanno o per quanto tempo dovrò vestire i panni di un'altra persona.»

«Madonna santa.»

«E sì, sono stato anche nelle galere russe. Quando è iniziata tutta questa storia mi sono infiltrato per capire dove avevano intenzione di spedire la cocaina e soprattutto a chi. E in galera si possono scoprire un mucchio di cose se sai come chiederle.»

Deglutii.

«Ho fatto delle cose orribili, a volte. E per quanto io mi ripeta in continuazione che sono dalla parte giusta, spesso il confine è talmente sottile che non so più distinguerlo.»

Mi si stringeva il cuore mentre lo ascoltavo parlare.

«La copertura di Alberto Ristori è Giorgia. Siamo una coppia rispettabile, lei avvocato, io commercialista. Viviamo anche insieme, ma non ci amiamo.»

«E Guidieri?»

«Dovevo riuscire a trovare i compratori, per questo mi sono finto suo amico, sapevo che mi stava passando informazioni sbagliate.»

«O Madonnina mia bella, io le ho date a Sofia. Spero tanto di non averti messo in pericolo.»

«No, era carta straccia. Per un attimo ho avuto paura che fossi tu in pericolo, a Parigi i russi mi pedinavano e se ti fosse successo qualcosa non me lo sarei mai perdonato.»

«Uno ha cercato di farmi salire in macchina, quella notte.»

«Cosa?»

«Non te l'ho raccontato perché mi vergognavo e perché pensavo di essermi immaginata tutto, per questo sono finita in ospedale. Poi ho creduto di vederli di nuovo a Milano.»

«Tu sei pericolosa, Stregatti, ti ho sempre sottovalutato. Saresti un agente segreto perfetto. Se penso a quello che poteva succederti...»

«Ma me la sono cavata bene, non ti preoccupare. E Galanti? Che fine ha fatto ora?»

«E chi lo sa? Ha licenziato persone, ha ristrutturato l'azienda, starà facendo la stessa cosa da un'altra parte» e mi fece l'occhiolino.

«E le cimici?»

«Le cimici le avevano messe i russi, per colpa tua e della tua testardaggine stavano iniziando a capire il mio doppio gioco. Le ho tolte.»

«Perché mi stai dicendo tutte queste cose? Perché ora?» Guardai fuori dalla finestra: «Per la prima volta nella mia vita sto bene, non mi sento più una mezza mela e tu vieni qui a ribaltare tutto un'altra volta».

«Non sei mai stata una mezza mela, Stregatti.»

In quel momento entrò mia nonna reggendo una teglia. La piazzò sotto il naso di Galanti e restò muta a guardarlo.

«Grazie, che cosa sono?»

«Sgagliozze.»

«Ah finalmente.»

«Nonna!?» gridai.

«*Si arrivate*» disse rivolta a lui. «*Ne si misse di tempe.*» Poi aggiunse: «I due cristiani. *Belle assaie, mi piaccione: tutt'e du'!*». E scomparve.

Ristori sembrava turbato.

«Forse è meglio uscire, fare due passi» dissi.

«Come preferisci» rispose.

Mi incamminai a passo di carica verso la porta.

«Stregatti, vuoi andare fuori con lui?»

«Lui chi?»

Indicò il faccione di Simon Le Bon sul pigiama.

«Madonna santa, mi cambio.»

«Ti aspetto di là, so dov'è il salone.»

Mi precipitai sulla valigia che tanto faticosamente avevo impacchettato e rovesciai a terra il contenuto. Dovevo fidarmi di quello che mi aveva detto? Potevo fidarmi? Perché aveva deciso di raccontarmi tutto? Si sentiva ancora in colpa? Gli facevo pena?

Ora ero abbastanza forte per poterlo scoprire.

Mi guardai allo specchio. Ero dimagrita e per la prima volta in vita mia mi vedevo bella, Simon Le Bon a parte. Mi sistemai i capelli, mi infilai un vestito e la biancheria di pizzo che avevo comprato, e lo raggiunsi in salone.

Ristori era seduto di fronte a mia nonna, entrambi impegnati in una conversazione muta. Eppure sembravano capirsi.

Aveva ancora la teglia in mano e mangiava le sgagliozze.

«Eccomi.»

Alzò lo sguardo verso di me.

«Così va meglio» e mi strizzò l'occhio.

C'era un posto dove avremmo potuto chiacchierare in santa pace, al mare. A quell'ora non c'era nessuno, almeno non dove volevo portarlo io, nel mio angolo di paradiso.

Arrivammo sul molo in disuso, quello del sogno di Meryl Streep, e passeggiammo per un po'.

«Ti ringrazio per essere venuto fin qui a raccontarmi tutto, non deve essere stato facile per te» dissi a un certo punto rompendo il silenzio. «Ma non era necessario, non ti devi sentire in dovere verso di me, non ce n'è bisogno.»

«Sediamoci un momento.»

«Qui?»

«Dove vuoi.»

Si passò una mano tra i capelli, era un gesto che gli avevo visto fare spesso quando era preoccupato.

Rimaneva in piedi e non sapevo cosa fare.

«Quando ho letto il tuo articolo ho ripensato a noi.»

C'era un noi?

«Per questo ti ho chiamata.»

Ero impaziente, non riuscivo a capire che cosa stesse cercando di dirmi.

«Ma non mi è bastato.»

«In che senso?»

«Per essere una donna dall'intuito facile, me la stai rendendo complicata.»

«Come?»

«Quando sono tornato alla mia vita di tutti i giorni mi sono accorto di non essere più quello di prima, sentivo che mi mancava un pezzo e quel pezzo eri tu.»

Pensai alla mezza mela di mia nonna. Non potevo credere a quello che stava dicendo.

«Sono venuto a Bari» proseguì «perché quando ti accorgi di avere incontrato la persona giusta devi fare di tutto per non perderla.»

Aprii la bocca ma non uscì un suono, aveva detto davvero quello che avevo sentito?

«Io sono qui per te. Sono qui perché tu mi hai cambiato e dovevo vederti. Dovevo parlarti e capire se… L'ultima volta che ci siamo visti mi hai detto una cosa che mi ha dato da pensare. "Non mi piace vedere quello che fai ai miei colleghi, non mi piace quello che sento quando sono con te, non mi piaci tu."»

Figuriamoci.

«Ero molto arrabbiata.»

«È vero?» e si avvicinò pericolosamente, quando faceva così non potevo resistergli.

«C… che cosa?»

«Che non ti piace quello che senti quando sei con me, che non ti piaccio io? Perché ho scoperto che invece tu mi piaci molto.»

Allungò un braccio e mi accarezzò prima una guancia, poi le labbra. Che stava facendo? Soprattutto, io che dovevo fare?

«Le ho sempre trovate molto seducenti, come anche il modo in cui arrossisci quando ti parlo.»

Deglutii.

«Pensi davvero che io sia venuto fino a qui perché mi sento in dovere con te?»

«N… non lo so, non capisco dove vuoi arrivare» gli presi la mano e la allontanai dal mio viso. «Scusa ma quando fai così non riesco a rimanere lucida.»

«È un buon segno.»

«Dipende.»

«Il fatto è che la mia vita era lineare prima di conoscerti.»

«Eh, anche la mia! Un momento, come lineare?»

«Ti sembrerà assurdo ma è così. Poi sei arrivata tu e io non sapevo più in che direzione andare. Sapevo solo che stare accanto a te mi faceva stare bene e allora ho iniziato a pensare che forse prima non era così.»

«È un bellissimo discorso.»

«No, tu sei bellissima.» Mi attirò a sé e mi baciò come non ero mai stata baciata prima, anche se non avevo molti termini di paragone. Iniziò con dolcezza e lentamente la dolcezza si trasformò in voracità. Non capivo più niente, a fatica mi allontanai, ero stordita da quel bacio, stordita da lui.

«Un momento, non puoi venire qui, dirmi queste cose e far finta che possano cancellare tutto il resto. Anche io sono cambiata, anche io non sono più la stessa persona.»

Ecco, chi si credeva di essere?

Poi ripensai alle sue parole e sgranai gli occhi.

«Davvero pensi che io sia bellissima? Cioè, era così per sapere...»

Sorrise.

«Comunque non è questo il punto» proseguii cercando di ricompormi. «Il punto è che io sto bene, finalmente. E sto bene anche senza di te!»

Ora sapevo di poter vivere senza di lui o quello che rappresentava e non avevo alcuna intenzione di farmi prendere in castagna un'altra volta.

«Io no, però.»

Ecco, altro che castagna.

«Ti amo, Stregatti.»

Un colpo basso, questo proprio non me lo aspettavo.

«Amo il modo in cui mi fai sentire quando sono con te, il tuo balbettare quando ti emozioni, il tuo modo di vedere la vita, il tuo modo di affrontarla. Adoro afferrarti quando inciampi e vederti quando cerchi di affogare un uomo in una bacinella piena d'acqua. Non voglio più starti lontano. Mi mancava tutto di te.»

Con una mano mi asciugò le lacrime che non mi ero neanche accorta di avere.

«Non volevo» sussurrò. «Ma è successo.»

Continuavo a piangere contro la mia volontà.

«La mia vita è un gran casino, e tu mi facevi paura.»

Questa era proprio l'ultima cosa che avrei immaginato mi potesse dire. Lo guardai incredula.

«Mi faceva paura quello che provavo quando stavo con te. Avevo paura di non riuscire a portare a termine il compito per cui avevo lavorato per due anni. Avevo paura di dirti tutto. Ci sono andato vicino un paio di volte.»

Non sapevo che cosa dire e trattandosi di me era strano.

Mi guardò in silenzio, come se aspettasse una risposta, che non arrivò.

«Sono nelle tue mani» aggiunse.

Mi guardò di nuovo, avrei dovuto dire qualcosa ma la lingua mi si era seccata in gola, troppe emozioni tutte insieme. E il suo corpo così vicino al mio.

«Vuoi che esca dalla tua vita?»

Muta, non mi usciva un suono.

«Lo capirei se fosse così. Stare accanto a un uomo come me non è facile e forse dopo tutto è vero che non ti piace quello che faccio. Forse è davvero troppo tardi. Io sono qui se mi vuoi, ma forse sei tu a non volere più me.»

«Ma no!» gridai. Tanto che lo vidi sgranare gli occhi. «Io… io ti amo tanto, mannaggia a te!»

Ecco, lo avevo detto e per la seconda volta. Solo che in quel momento tutto era diverso, io ero diversa. Lo vidi rischiararsi in viso e questo mi diede la forza di vuotare il sacco: «Non credevo si potesse amare in questo modo. Amo tutto di te, anche i tuoi lati oscuri, il tuo coraggio e la tua forza. Il modo in cui ti prendi cura di me, il modo in cui mi dai sicurezza. Nessuno mi aveva mai fatto sentire così. Perché pensi che mi sarei fidata altrimenti?

Ho sempre saputo che non eri una brutta persona, e sai perché? Perché chiusa nell'armadio ho imparato a distinguere il bene dal male e...».

Non ebbi il tempo di aggiungere altro perché lui mi prese le mani e se le portò al viso.

«Doveva essere un gran bell'armadio. Toccami, ti prego.» E lo feci, era così vero.

All'improvviso mi afferrò i fianchi, sollevandomi da terra e facendomi distendere sulla punta del molo.

Non potevo credere a quello che stava succedendo.

Lo abbracciai, gli presi una mano e me la portai sul seno. Mi sentivo bella, anche grazie alla biancheria intima di pizzo. Ecco che cosa voleva dire vivere, lasciarsi andare.

La mia lista dei desideri era tutta lì davanti a me, e in quel momento sopra di me.

Sentivo che avrei potuto fare qualunque cosa, girare il mondo, diventare una vera giornalista. Mi era mancato sempre il coraggio. Federico aveva ragione, la morte non faceva paura, ma la vita sì e non avevo più intenzione di farmi spaventare.

Poi, finalmente, i pensieri iniziarono a sfuggirmi dalla testa, non riuscivo a metterli in fila ed era una cosa meravigliosa.

Mi baciava il collo, il mento, gli occhi, ogni parte del viso che non mi era mai piaciuta e che in quel momento, all'improvviso, mi sembrava bellissima.

Mi accarezzava i capelli, le guance, la bocca. Le sue mani erano così calde.

«Allora, Stregatti, quali erano i primi due desideri della lista?» mi sussurrò all'orecchio senza smettere di baciarmi il collo.

«Non mi ricordo.»

«Non ci credo, avanti.»

«Innamorarmi e trovare l'uomo giusto.»

«Direi che possiamo depennarli» e mi baciò sulle labbra. «C'è solo un problema da risolvere» bisbigliò.

«Un problema?»

«La questione delle affinità sessuali.»

«Certo certo. Cioè?»

«Dovremmo scoprirle, non credi?»

«Come? Le affinità sessuali? Se pensi sia proprio necessario...»

«Non lo so, tu che dici?»

Ero agitatissima e arrossii, chiusi gli occhi, poi li riaprii e lo vidi di nuovo.

Si era tolto le scarpe e si era arrotolato i pantaloni, mentre mi parlava, sdraiato di fianco a me, aveva accavallato le gambe.

«Che cosa c'è?» mi chiese.

Rabbrividii.

«Il tatuaggio, cosa rappresenta?»

«Ora vuoi sapere troppe cose, Stregatti» e tornò su di me.

Pensai a Ristori, ai russi, alle prigioni e agli infiltrati e iniziai a sudare freddo.

«Ma...»

«Ssst, smettila di far lavorare questa tua testolina dura. Vedo gli ingranaggi del tuo cervello che lavorano, lavorano...» e mentre mi parlava continuava a baciarmi.

«Ti fidi di me, terremoto?»

«Sì.»

«Ti amo, devi solo credere a questo.»

Dio, quanto ero felice, era il mio conte Ristori e mi amava.

Era l'unica cosa che dovevo sapere, per il momento. Lo abbracciai forte e per la prima volta in vita mia sentii di appartenere a qualcuno. Era vero, la vita poteva cambiare in un attimo. Quando meno te lo aspettavi era lì, pronta a sorprenderti, ma dovevi essere capace di coglierne tutti i segnali.

Mai arrendersi ai propri sogni, mai smettere di avere il coraggio di realizzarli.

Mai.

O come avrebbe detto mia nonna: «Hai visto *a pregà a sande Necòle?*».

Ringraziamenti

Il tempo passa e le cose cambiano, a volte.

Ma non cambiano i ringraziamenti che come molti di voi già sanno sono una parte importante dei miei libri. E inizio proprio dalle mie lettrici e dai librai, che ringrazio di cuore. Senza di voi non ce l'avrei fatta. Grazie per essermi stati sempre accanto e avere creduto in me. Ringrazio soprattutto Livia che ho visto crescere libro dopo libro.

Ringrazio mamma e papà, perché è merito loro se sono nata. Podalica, ma è pur sempre meglio di niente. Ringrazio mio zio Caco per essersi preso cura di me e mamma. Ringrazio mio fratello Nicola, Valentina e Rosetta. Il mio amato nipotino Matteo. Ringrazio Gianna e Alida, che non ci sono più e che mi mancano tanto. So che stanno vegliando su di me.

Ringrazio di cuore la mia adorata agente, e amica, Silvia, per l'affetto, il sostegno e la forza di una combattente. Ringrazio la Giunti e tutti coloro che ci lavorano, anche la cara Lucia, per aver lavorato con tanta passione a questo libro. In particolar modo ringrazio Benedetta Centovalli per avermi scelta e fortemente voluta! Un grazie speciale ad Alessandra che con tanta, ma credetemi proprio tanta, pazienza mi ha seguito in questa terza avventura. E ringrazio la persona con cui ho iniziato il mio percorso di scrittura e che ha creduto in me: Luca.

Un grazie gigante alla mia cara Nuvolina, mia amica, che ha accettato di buon grado, forse, di essere anche l'amica di Penelope Stregatti. Sono certa riuscirà a trovare il suo posto nel mondo, e un uomo, nonostante il tappeto. Ringrazio Baccomo, amico fraterno e adorato che ha accettato di buon grado, forse, di essere anche l'amico di Penelope. Lui non ci si riconosce un granché, ma io dico che un po' gli somiglia. Ringrazio Ilaria, che lo ha trasformato nel famoso uomo nuovo, e Graziamaria per la sua unicità e per avere ispirato Bianca.

Ringrazio Fernando, che non è Ferdinando della cacca di Ughetto, ma un caro amico che mi ha aiutata con il barese una notte intera.

Ringrazio i miei amici, che mi danno la forza di andare avanti, tutti i giorni. Senza di loro la mia vita non avrebbe la stessa forza. Sono loro il mio motore.

Grazie alla mia eterna Mateldina (che mi ha accompagnata per ben due libri e che qui qualcuno riconoscerà di sottofondo...), a Gianluca e al loro bellissimo Giovannino!

Grazie a Michela, Chiara, Luca e Susanna (che nei libri precedenti hanno avuto un gran da fare), Michele, Giulia e Anna che sono sempre con me da vent'anni e spero lo saranno per altri ottanta (anche se non credo vivrò così a lungo, per loro fortuna). Sara e Luchi, il mio Pierpino e il Bozzoloni. John, Enrica.

Ringrazio la mia adorata Elisa, compagna di mille avventure. Purtroppo per lei ha avuto un ruolo decisivo nel secondo libro e, sempre purtroppo per lei, mi segue in ogni città.

Ringrazio la Codeluppi per la nostra amicizia e i nostri pranzi al botanico, Viola che mi manca tanto, sua sorella Rossella e Francesco.

Un grazie speciale al mio amato Franco per l'affetto di sempre e per avermi suggerito Nina Simone una sera davanti a Sanremo.

Ringrazio Brunella, che ha sempre creduto in me, a dispetto di tutto. «Mi rimarrai sul groppone» mi ha detto un giorno. In effetti così è stato, poveretta. E continua a esserlo nonostante il trascorrere degli anni.

Ringrazio Marchino mio, Romana e Francesca, che fin da quando eravamo ragazze mi spronava a scrivere. Manu, che con tanta pazienza ha creato la fanpage della gattamorta.

Ringrazio tutto il gruppo de La Macchina dei Sogni, *in primis* la nostra guida Chicca, una cara amica e una donna forte, che ancora crede. Ringrazio tutte le belle persone che ho trovato lì, in particolare il mio adorato Massimiliano, il bel Kenny, Daniele e Francesca.

Ringrazio Sergio, il mio mentore, con cui ho trascorso degli anni intensi e che mi ha insegnato tanto. Ringrazio Pietro e Loretta.

Ringrazio i miei cugini, Sara, Lorenzo, Susanna, Giovanna e Piero. Giorgio e Lella per l'affetto di sempre. Margherita e Giulio, Sandra e Mario.

Ringrazio Adele, Valentina, Marta, Daria, Paola, Federica e Danielina, Ornella, Monica, Valeria, Marellina e sua figlia Olivia, Chicca, Veronica e Agnese, Eugenio e Gianfranco, Angela, Filippo e Carlotta, Sabrina, la mia estetista, e amica, e Katia, che ha ereditato qui a Milano il suo lavoro. Antonietta, Raffa, Annetta, Gabriellina. Toni, il papà di Luca, Andrea e Antonella, e il loro erede. Giuseppe, papà di Matelda e Michela, per tutte le volte che ha dovuto soccorrermi. Le ragazze della Vivalibri: Michela, Agnese, Daila, Claudia e il mitico Angi!!! Chiara, per la sua eleganza, che dimentica solo a Mantova, di fronte alle patatine. Francesca e Vanda che mi amano da sempre. I miei amici del mare, che non dimenticherò mai: Francesca, Claudia e Marilena, Stefano, Massimo, Ale e Paolo. Il mitico Tommasella, Colombo e il suo elegantissimo pigiamino a righe. Vannuccini e Guglielmone, che maschi! Paolo e Francesca, amici cari.

Joe, Karen e Kasey, per l'affetto che sempre mi dimostrano.

Ringrazio Giorgio che non c'è più e che mi manca tanto e Roberta.

Massimo e Colomba. Il mitico gruppo Islanda 2000. Bruno e l'operazione protocollo, Patatone, il Capitano, Peppiniello e la Marino. Grazie a Edia e Oliviero.

A Camilla per la sua pazienza e le sue creazioni.

Alla Ross, che anche quando non mi sopporta, mi sopporta.

A Marina per la sua calorosa accoglienza a Courmayeur anno dopo anno. Alla Briganti a Gabriella e Alessandra per l'entusiasmo e la passione del loro soggiorno letterario. Alle mie compagne di classe del mitico Liceo De Sanctis, che ho ritrovato grazie al libro. Ai miei professori: chissà se avranno riconosciuto nell'autrice quell'allieva tanto timida che si presentava in classe con le pantofole e, a volte, con la busta dell'immondizia ancora in mano.

A Paola e Maurizio e ai loro figli.

Un grazie speciale alle ragazze di Oasi Marocco, Ketty e Olivia per le risate insieme, Orecchiuzze e Benedetto. Grazie a Manuela che ho conosciuto nelle Langhe.

A Joseph ed Enrico, grandi chef!

Alla Bergy per la sua forza e a Valentina.

Un ringraziamento speciale a Stefano Mauri, Cristina Foschini e a Gherardo Colombo e a tutti i miei colleghi della Garzanti. Elisabetta per l'amicizia e la fiducia che ripone in me, Paolo, la mitica Campo, insostituibile, purtroppo per lei, Fusillino, la cara Rodella, mio braccio destro (anche sinistro), e il suo tegolino, l'impiegabile Pugnaloni, che tutte noi amiamo quando indossa il lilla, e Valentina. Giulia e Cecilietta, le donne marketing, Barbarina, Greta, Giulia, Monica, Eugenia e Alessandro. Ilaria, Alba, Enrico e Adriana. Cecilia, Luisa e Carlo.

Graziella, per l'entusiasmo, la passione e la forza vitale che mette tutti i giorni sul lavoro, e perché è una mia supporter scatenata. Ringrazio Andrea, che mi sprona sempre e ha fiducia in me, così come Clara, Cristina, Sara, Michela, Annamaria, Bruno, Raffaele, Alice, Vito e Jadranka. E infine Cocco! Che, in fondo in fondo, mi vuole bene.

Ringrazio Andrea, che mi sprona sempre e ha fiducia in me, e Manuela che mi legge sempre e ha amato anche il finale!

Ringrazio i miei colleghi passati, con i quali ho condiviso tanto, soprattutto Lisa, Mirella e Claudia. Ringrazio, e poi ho finito, Patrizio che nel bene o nel male è un punto fermo della mia vita, Dario, per quell'unica notte da Peppuccio e Peppuccio.

Ringrazio, ovviamente, il conte Ristori!

Indice

Della stessa autrice

CHIARA MOSCARDELLI
VOLEVO ESSERE
UNA GATTA
MORTA
TASCABILI GIUNTI

Chiara Moscardelli

Volevo essere una gatta morta

C'è chi nasce podalica e chi nasce gatta morta. Chiara è nata podalica. Forse non aveva fretta di venire al mondo perché aveva già intuito che la sua vita non sarebbe stata una passeggiata. Che sarebbe rimasta sempre in piedi al gioco della sedia, o con la scopa in mano al gioco della scopa. E se la sarebbe dovuta vedere con chi invece è nata gatta morta. La gatta morta è una micidiale categoria femminile. Non è divertente, è seducente. Non esprime opinioni, ha paura dei thriller, le pesa la borsa, soffre di mestruazioni dolorose, non fa uscire il ragazzo con gli amici, non si concede al primo appuntamento e fin da piccola ha un solo scopo: il matrimonio. Chiara l'ha studiata per una vita. E ha capito che contro di lei non ci sono armi.

FSC
www.fsc.org
MISTO
Carta da fonti gestite in maniera responsabile
FSC® C023419

Stampato presso Lego S.p.A.
Stabilimento di Lavis